Denise

ou la fin d'un monde

Philippe J. Dubois

Denise

ou la fin d'un monde

DELACHAUX
ET NIESTLÉ

« La nature ne pardonne pas, n'oublie rien... Des coups, elle peut en supporter mille et rendre soudain non pas œil pour œil mais apocalypse pour chiquenaude. »

Jérôme Deshusses, *Délivrez Prométhée*
(Flammarion, 1992)

Avant-propos

L'idée de ce livre m'est venue un matin d'avril, alors que je marchais sur un petit chemin de la planèze de Saint-Flour, dans le Cantal. Il faisait frais mais le soleil était au rendez-vous. Au-dessus des prés surpris d'être verts, après le long hiver saupoudré de blanc et de gel, quelques alouettes des champs s'époumonaient pour célébrer le printemps. Parfois, une hirondelle remontait au vent vers un lointain site de reproduction. D'où venait-elle et où allait-elle ? Elle seule le savait. Dans le ciel, un milan royal tournoyait en se servant de sa queue fourchue comme d'un gouvernail, scrutant le sol où il finirait par repérer un campagnol téméraire. Je m'émerveillais de cette nature, qui semblait immuable et se réveillait pareillement chaque année de l'interminable hiver, sur ce plateau situé à plus de 1 000 mètres d'altitude.

Depuis ma petite enfance, je parcours les chemins autour du village familial. J'en connais la plupart des secrets, à force d'observer la nature, et plus particulièrement les oiseaux. On dirait que rien n'a changé, en dépit des années. L'allée de frênes est la même, la petite cabane de pierre qui abritait autrefois le berger est toujours en place, même si elle est de plus en plus envahie de ronces. Les prés sont à leur place. L'air vif de ce début de printemps me pince les joues comme lorsque j'avais dix ans. Tandis que s'accumulent les nouvelles inquiétantes d'un monde bouleversé, j'ai l'impression d'être ici dans une oasis de quiétude qui n'aurait pas bougé. Il suffirait de lever la tête et de voir les petits nuages filer dans le ciel blanc pour s'en convaincre totalement. Ceux-là ont sans doute la même forme qu'il y a des millénaires. C'est cela : regarder le ciel pour croire que tout est immuable. Car le paysage qui s'étend autour de moi, malgré les apparences, a bel et bien changé. Sans que l'on s'en soit vraiment rendu compte.

Je marchais donc au gré du chemin de terre, heureux du moment que je venais de passer avec Denise. Cette vieille dame que je connais depuis l'âge de six ans, bientôt centenaire, avec laquelle j'aime discuter de tout et de rien. Car à parler de rien, on évoque tout. Et avec elle, je me remémore ces temps passés que nous avons si facilement tendance à oublier. Des discussions, nous en avons eu. Jamais philosophiques ou intellectuelles, mais des simples, sur ce pays, sa nature, les gens qui vivent ici, l'évolution de ce monde qui est le leur. Au fond, tout ce qui fait le terreau de ma propre existence. Né en ville et élevé dans un milieu citadin et bourgeois, je n'ai en effet jamais coupé les racines qui me relient à cette terre auvergnate. C'est même là que j'ai fait mes premières armes naturalistes.

Tout petit déjà, lorsque j'y séjournais, je m'inventais des vaches en pinces à linge en bois (que je coloriais en fonction des robes des différentes races), ou avec des marrons tombés de l'arbre, et je passais ainsi des heures à jouer au paysan. J'avais aussi une grande bassine remplie d'eau, dans laquelle je faisais flotter des cygnes et des canards en plastique. Pendant ce temps, Denise aidait ma grand-tante à faire le ménage ou à étendre le linge. Cette dernière avait encore quelques brebis, qui regagnaient la ferme chaque soir, après avoir passé la journée au pré avec le berger du village. Denise aidait à les rentrer, et moi j'en avais une frousse terrible...

En grandissant, je me suis mêlé au village, aux fils de paysans qui sont devenus mes copains de grandes vacances. J'allais avec eux faire les foins, charger les bottes de paille, chercher les vaches pour la traite. C'étaient mes loisirs de jeune vacancier. Je regardais intensément la campagne autour de moi et, grâce à une grand-mère et une grand-tante qui avaient toujours eu un œil sur le monde des oiseaux, et grâce à un père qui avait hérité – quoique à sa façon, plus poétique – de cette habitude, je suis assez vite passé du monde onirique que je m'étais construit en jouant seul avec mes petites affaires au monde grandeur nature qui m'entourait, que ce soient les vaches de mes voisins ou les oiseaux, que je voyais autour de la maison de famille ou que je pouvais observer au cours de mes pérégrinations.

De tout ça, j'ai parlé et je parle encore avec Denise, qui a été si longtemps le témoin de ce monde qui semblait figé depuis des siècles, mais qui a profondément changé au cours des dernières décennies et qui continue à changer de façon accélérée. Devenu écologue professionnel mais aussi écrivain, j'ai essayé de relier mes expériences empiriques aux données scientifiques concernant le devenir de la biodiversité, qu'elle soit sauvage (celle des oiseaux étant particulièrement mise en péril) ou domestique (avec les races, notamment bovines, menacées). Pour cela j'ai beaucoup voyagé, en France comme à l'étranger, pour découvrir, observer, comparer. Dans le même temps, Denise, elle, n'a quasiment pas bougé de chez elle.

Pour écrire – des livres comme des articles scientifiques –, je me suis beaucoup documenté. Sur les thématiques qui m'intéressent, c'est-à-dire le changement climatique, la biodiversité. Mais aussi sur la façon dont l'homme les vit et les ressent, principalement dans la souffrance, à travers des prismes tels que l'amnésie écologique, la solastalgie, l'éco-anxiété... La production littéraire sur ces sujets est devenue pléthorique. Souvent passionnante, elle embrasse fréquemment de grands concepts, des visions globales, des approches holistiques qui conduisent à des hypothèses ou des théories parfaitement plausibles et robustes. Moi-même, je m'y suis modestement essayé. Mais finalement, que produit-on ? Des ouvrages hors-sol assez loin de la réalité du terrain. Même s'il est besoin, comme nous le verrons parfois au fil de ces pages, de sous-tendre le propos de chiffres et de faits, il m'a paru nécessaire de toujours garder un pied bien ancré dans cette terre de Haute Auvergne. Et Denise m'y aide chaque fois que je la vois.

Aussi, en ce matin d'avril, dans cette nature à peine éveillée de l'hiver, au sein d'un paysage qui n'avait guère changé aux yeux des humains mais qui, paradoxalement, souffrait comme presque partout ailleurs de leur action – subissant ici aussi l'action conjuguée d'une agriculture de plus en plus productiviste et du dérèglement climatique – et voyait fondre sa biodiversité, j'ai pris conscience que l'on pouvait appréhender tout cela avec un regard de proximité. La France est un pays historiquement agricole et l'agriculture est en première ligne dans l'épreuve du changement global que nous subissons. Les terres agricoles sont des milieux naturels qui, bien que travaillées par l'homme au fil des siècles, hébergent une faune et une flore particulières, tout comme les forêts, les déserts ou les océans. Mais plutôt que d'interroger des experts agronomes, des chercheurs en environnement et tout autre acteur reconnu dans ce domaine, j'ai voulu écouter le témoignage simple d'une vieille dame qui avait vécu toute sa vie en un lieu donné – ici, en Auvergne –, et qui avait vu, au fil du temps, changer ce monde qui était le sien.

Avec Denise, on n'a pas discuté des COP, ni des rapports du GIEC, ni de transition écologique ou énergétique, mais plutôt de chemins qui se ferment, de haies arasées, d'alouettes qui disparaissent. Au travers de ce microcosme un peu reculé du tourbillon des jours et de la vie, et où, malgré tout, la quiétude domine quand le regard se pose sur l'horizon, j'ai mieux compris ce que représentait cette nature dont nous sommes de plus en plus coupés et que nous finissons par idéaliser à travers un discours ambiant qui tient davantage du virtuel que du réel (il suffit de regarder ce que l'on nous vante d'elle sur les affiches qui font la promotion de telle ou telle région).

De façon surprenante, les façons d'être à la terre qui furent celles de mes ancêtres et, en partie, celles de Denise, j'ai pu les retrouver ensuite auprès d'autres hommes vivant de la terre lors de mes voyages, et notamment dans les lointaines steppes de Mongolie. C'est aussi de cela que j'ai voulu témoigner. De cette longue permanence des hommes à l'égard de la nature, qui s'est peu à peu délitée avec l'émergence de la société industrielle et la migration continue de la campagne vers les villes.

Je ne peux achever cet avant-propos sans évoquer, à travers Denise, la femme, les femmes, parce qu'elles m'apparaissent aujourd'hui comme les ultimes gardiennes de notre terre, notre dernière chance de la sauver. Je sais bien que Denise rirait en haussant les épaules si je lui disais qu'elle a été, là encore, ma silencieuse inspiratrice. Et pourtant, son rapport à la terre qui l'a vue naître est identique à celui des femmes africaines, mongoles ou indiennes qui laborieusement cultivent la terre qui nous nourrit. Je reste convaincu que le rapport des femmes à la terre est plus profond, plus empathique, bien plus protecteur au fond que celui des hommes qui, le plus souvent, ne voient en elle qu'un lieu de production, de conquête et de soumission du vivant.

Voilà ce livre : une réflexion à visée globale par le prisme – que l'on pourrait juger étroit – d'un petit bout de terre auvergnate. L'essentiel se trouve souvent dans le minuscule.

I

Qui est Denise ?

Denise H. naît en 1928, un beau jour de février, au lieu-dit de Salcrus, sur la commune de Saint-Georges, dans le Cantal. Ce mois de février est particulièrement doux en France. On relève 19,6 °C à Marseille le 15, et même 21,3 °C le 18 à Perpignan. Même si, perché à quelque 800 mètres d'altitude, le petit hameau subit les vicissitudes de l'hiver, pas de quoi s'inquiéter pour le bébé, car la neige n'est pas très abondante. Alors s'il faut aller chercher le médecin à Saint-Flour, les routes ne seront pas encombrées par les congères. Non, l'hiver ne fera vraiment son apparition qu'à l'orée du printemps, vers le 10 mars, avec des températures qui tomberont à –12 °C à Saint-Étienne, et jusqu'à –15 °C dans la montagne environnante de Saint-Georges.

Salcrus est un tout petit hameau, en retrait des routes qui vont de Ruynes-en-Margeride à Saint-Flour, et de Saint-Flour à Saint-Chély-d'Apcher. Les quelques fermes qui le composent regardent soit vers l'est et la ligne boisée et vierge d'habitations de la Margeride, soit vers le sud, où pointent la Lozère et ses promesses de Méditerranée, soit encore vers l'ouest et le haut plateau austère de la planèze de Saint-Flour, que l'on atteint non sans avoir franchi l'Ander ou la Truyère (et son tout proche viaduc de Garabit, qui est la fierté touristique du lieu), en passant non loin des tours basaltiques et noires de la cathédrale de Saint-Flour. Salcrus est une *terre de confins*. Un lieu de rencontre entre le climat atlantique et ses vents d'ouest qui fouettent et détrempent, le méditerranéen et ses coteaux ensoleillés qui sentent le schiste chaud et le genêt, et le monde continental avec ses hivers froids et neigeux et ses étés torrides, parfois rafraîchis par de gros orages. Il n'y a rien à dire de plus de Salcrus mais, pour l'anecdote, il doit se situer à égale distance entre le pôle Nord et l'équateur !

À cette époque, on est bien loin de tout. Le dimanche, on allait à la messe à Anglards. À pied. Près de 4 kilomètres pour rejoindre l'église. On y allait par les chemins bordés de frênes et qui longeaient des prairies où paissaient ici des vaches Aubrac aux yeux cernés de khôl, là des brebis de race Bizet au masque noir. On saluait la petite Madeleine qui les gardait ou le vieux Pierrou qui menait son char à bœufs plein de foin lorsque venait juillet. Quatre kilomètres pour chanter les louanges du Seigneur. Et autant au retour. Mais il y a eu « la maladie » à Anglards. Les anciens parlent de peste.

Si bien que les gens de Salcrus ont changé de paroisse et qu'ils se sont tournés vers Saint-Georges. Cinq kilomètres et demi, en passant par le Pirou, où il y a des cousins. Longtemps, on marchera sur un plateau bordé de prairies plus ouvertes que celles d'Anglards, mais plus ventées aussi. En arrivant au hameau de Saint-Michel, on traverse le petit bois qui longe la rivière de Viadeyres avant d'attaquer la côte qui mène à Saint-Georges. Là encore, il faut la foi pour faire chaque semaine les 11 kilomètres aller-retour pour rendre grâce à Dieu.

Si Salcrus est donc loin des églises, il est loin du ravitaillement aussi. Même si les gens vivent ici en autarcie quasi complète, il faut bien de temps à autre aller faire quelques courses. Et là, c'est Saint-Flour. Oh ! On ne se rend pas dans la ville haute bourgeoise et cossue, réservée aux touristes, mais aux franges de la ville basse, à Bellevue, où l'on trouvera bien un peu de tout, ce qui est nécessaire en tout cas au quotidien. C'est une expédition pour aller à Saint-Flour. Il faut commencer par aller prendre le train à la gare de Ruynes. Une grosse demi-heure à pied et 2,8 kilomètres de marche pour attraper le train de 10 heures, celui qui vient soit de Béziers soit de Saint-Chély et qui remonte sur Neussargues. On fera les courses et l'on repartira vers 15 heures par un autre train jusqu'à la gare de Ruynes, posée au milieu de nulle part puisqu'elle est située à plus de 3 kilomètres du village éponyme. Chargé de sacs et de paquets, il faut alors entreprendre, à pied, le chemin du retour jusqu'à

Salcrus. Le samedi entier est nécessaire pour accomplir le pèlerinage citadin. C'est bien pour cela qu'on le fait le moins souvent possible.

Les parents de Denise sont agriculteurs, ce qui n'a rien de bien étonnant. Son père est ce que l'on appellerait aujourd'hui un double actif. Il est à la fois paysan *et* menuisier. C'est la mère de Denise qui assume donc une bonne partie des travaux sur la ferme. Trois filles à nourrir et deux vaches à garder (plus quelques moutons). Mais ce n'est pas grand-chose lorsque l'on vient d'une famille de douze enfants comme elle, où chacun a un rôle dévolu pour faire marcher la maison. Au fil des années, la ferme va nettement s'agrandir, et quand les parents de Denise prendront enfin leur retraite (plus exactement, quand ils s'arrêteront de travailler), le cheptel aura grossi pour atteindre... sept vaches.

Dans les années 1930, on vit ici comme on vivait il y a plusieurs siècles. Les deux vaches font office de « bœufs » et sont mises à l'épreuve en période estivale lorsqu'il s'agit de faner. Si l'on a une parcelle de céréales, c'est à la main qu'on la moissonnera en août, avec l'aide des voisins, et ceux du Pirou – et parfois de Combechalde. Pas de clôture pour ceinturer les prés. Les filles sont là pour garder les vaches et les moutons, comme tous les enfants de leur âge. Du moins quand on ne va pas à l'école, laquelle se situe à La Gazelle, à deux kilomètres de Salcrus. Une broutille lorsque l'on marche à longueur de jour.

Denise ira à l'école jusqu'à ses 14 ans. Ensuite, elle sera bien plus utile à la ferme à aider ses parents, avec ses deux sœurs. Denise, dès cet âge, ira faire les lessives chez les uns ou chez les autres. Ça rapportera toujours quelques sous. D'autant plus utiles que son père n'est pas bien vaillant. Il a fait la guerre dans le nord de la France mais aussi sur le front de Macédoine, lors de l'expédition de Salonique à partir de 1915. De tout cela, il a rapporté « les gaz de Verdun et les fièvres de Salonique ». C'est bien le seul à avoir vu du pays.

À la ferme, on pratique donc l'*économie du peu*. On cultive ce dont on a besoin et on vendra s'il y a du surplus. L'horizon de la vie se limite aux monts de la Margeride et, plus loin, à ceux du Cantal. C'est à la fois restreint et immense. Il y a ici une impression d'espace que ne vient couper nulle ville, nulle ligne électrique et encore moins des éoliennes comme aujourd'hui. L'air est sain, les pollutions inexistantes. On s'en remet à l'existence du quotidien, rythmée par de menus événements : une poule malade, la vieille Marie qui ne va pas fort, la fenaison qui aura du retard, le temps de cet après-midi. On vit à la campagne, *dans* la campagne, dans la nature. Celle-ci a été à peine modifiée par l'homme. Simplement, au fil des siècles, on a défriché pour faire des pâtures et des champs de céréales. On a créé des chemins que l'on a gravillonnés, pour certains, il n'y a pas si longtemps. La nature, oui, on la respecte, car on en a besoin. Sans grande conscience écologique, évidemment. Ce genre de pensée ne viendrait pas à l'esprit de quiconque, puisque chacun vit dans une sorte d'*ordre naturel* immuable, à peine perturbé par les aménagements humains. La nature mène et conduit les vies des habitants, ici comme ailleurs dans la région. Les pesticides et autres insecticides sont encore inconnus. Les haies sont nécessaires pour protéger les cultures des vents d'ouest, souvent forts. Le bois, on prélève ce qui est nécessaire pour la cuisine et le chauffage et faire aussi quelques meubles. Il en est de même des animaux sauvages. Il y a bien quelques chasseurs sur la commune, et qui ne sont pas soumis, à cette époque, aux dates d'ouverture et de fermeture de la chasse, mais, là encore, on ne prend que le nécessaire. D'ailleurs les armes sont d'une précision toute relative : le « gibier » a ses chances ! Le voisin de Denise fait du miel, il a quelques ruches, en contrebas du village, en lisière de bois vers La Coste. On lui achète des pots ou on les échange contre des œufs. Les ruches produisent bien, d'autant plus que le plus souvent on ne fane pas avant le 10 ou 12 juillet. Cela donne aux plantes à fleurs tout le temps de s'épanouir.

En gardant les vaches, Denise entend, dès le mois de mars, les chants entrecroisés de l'alouette des champs et de sa petite consœur, l'alouette lulu. Elles abondent par ici. La première aime particulièrement les champs de céréales ou de lentilles, la seconde affectionne les prairies en bordure de boisements. Chacune chez soi, et il y a de la place pour tout le cortège de passereaux chanteurs. Denise n'en connaît pas les noms vernaculaires propres, mais elle écoute les chants et donne à leurs auteurs un nom en patois : *lou cocut*, *la griva*, *l'ajasse*. Les hirondelles, dès avril, tournoient autour des étables de Salcrus comme ailleurs dans la campagne. Fidèles compagnes des vaches et des moutons, toujours à la recherche de mouches à gober, on les voit aussi l'été chasser par dizaines au-dessus des blés mûrs, capturer des insectes qui butinent la foison rouge et bleue des coquelicots et des bleuets. Seuls les rapaces n'ont pas bonne presse. Les buses et les milans (les *miarous*), surtout, sont tenus pour responsables de tous les sévices que l'on peut infliger à une basse-cour. Alors si la pétoire est à portée de main, ça en sera fini du volatile. De même des chouettes – il n'est pas rare de voir une effraie morte, clouée à la porte de la grange, les ailes écartelées ; c'est pour éloigner le mauvais sort, dit-on.

« Que dire de plus, mon pauvre ? » C'est la voix de Denise quatre-vingts ans plus tard. Non, il n'y a pas grand-chose à dire de plus dans cette vie simple rythmée par les jours et les saisons. Peut-être ennuyeuse même, comme ces chemins monotones bordés de frênes qui longent les champs. Monotone la vie, peut-être jusqu'à la fin des années 1930. Les accords de Munich, puis la déclaration de guerre conjointe de la France et de l'Angleterre n'ont qu'un écho lointain à Salcrus. Jusqu'au jour de novembre 1942 où les Allemands débarquent dans la région. Non loin de là se met alors en place un maquis efficace et courageux qui aura pour point d'orgue la bataille du mont Mouchet en juin 1944. Ce sont plusieurs milliers de résistants qui opèrent en pleine nature, entre la Margeride et les gorges de la Truyère. La vie est difficile, même si, à la différence de ceux de la ville ou du nord de la France, on arrive à manger correctement. Et l'on fait avec les moyens que l'on a. Denise en est réduite à moudre le blé avec un moulin à café pour faire de la farine. Elle a une quinzaine d'années et les Allemands, omniprésents dans la région, elle les voit tous les jours lorsqu'elle est dans les prés à garder les vaches. Quand ils passent, elle baisse la tête ou regarde ailleurs, feignant de les ignorer. Ce qui ne les empêche pas de réquisitionner une des vaches de ses parents. Certains jeunes gars, dont Henri, son futur mari, ont rejoint le maquis. Certaines nuits, il est préférable d'aller coucher dans les blés pour éviter une visite matinale de l'ennemi qui pourrait mal se finir.

La guerre finie, Denise reprend sa vie de jeune paysanne dans une France meurtrie. Pourtant, rien n'a changé en apparence dans les paysages. Le matin, en regardant à l'est, elle voit toujours la ligne bleutée et immuable de la forêt de la Margeride qui garde ses secrets, tout à la fois du maquis récent et de la bête du Gévaudan. Le soir, quand le soleil disparaît presque au-dessus du Plomb du Cantal, c'est un appel aux vastes espaces de la planèze et des estives qui tardent, au printemps, à se parer de fleurs. Mais tandis que commence la décennie des années 1950, Denise va épouser Henri (et l'une de ses sœurs le frère de ce dernier !). Et quitter Salcrus, ses parents, les quelques vaches et moutons, et tout l'ordinaire des jours. Dans le même temps, les premiers tracteurs font leur apparition, l'eau courante est quasiment partout, les routes se goudronnent, les terres s'agrandissent. On coupe les arbres, on taille les haies. On élargit les chemins creux pour faire passer les engins, les bœufs sont expédiés à l'abattoir, on utilise des intrants pour accélérer la pousse de l'herbe, du blé et du seigle. On s'apprête à changer de monde. Ou presque...

II

Comment (et pourquoi) en sommes-nous arrivés là ?

Plus de soixante-dix années se sont écoulées entre le départ de Denise de son petit hameau et aujourd'hui. À peine un souffle à l'échelle de l'humanité et presque une vie à l'échelle de l'homme. Dans cette région, pourtant bien plus préservée que la plupart des autres régions françaises et d'Europe occidentale, les Trente Glorieuses, la course au rendement, la modernisation et l'augmentation voulue de la productivité ont conduit à bouleverser la vie des gens. À cette modeste échelle, on a pu le constater dans le quotidien. Au sortir de le Seconde Guerre mondiale, la mécanisation a fait son apparition. Plus tardivement que dans les grandes plaines céréalières de l'Est et du Nord, mais à un rythme suffisamment soutenu pour que l'on commence à regarder avec intérêt les derniers attelages de bœufs au début des années 1980 et que cela fasse partie du folklore à la fin de cette même décennie. Petit garçon, je me souviens encore quand François F. venait faire les foins dans les prés autour de la maison familiale, quelque part à l'ouest de Saint-Flour, de mon regard à la fois apeuré et fasciné par les deux mastodontes Aubrac qui tiraient le lourd charroi rempli de foin. C'est même sûrement l'un de mes premiers souvenirs d'enfance. François faisait déjà partie de ces anciens qui ne se convertiront jamais au tracteur. Ils sont d'ailleurs partis avec leurs bœufs. Dans le village où vivait ma grand-tante, les tracteurs sont arrivés un à un, d'abord des Renault orange, puis des Massey Ferguson rouges. Des nains au regard des tanks qui sillonnent désormais la planèze. Les bœufs, c'était le pas lent des animaux, le craquement de la charrue, le foin amoncelé entre ses deux brancards, l'aiguillon au bout d'une longue perche que tenait le paysan, les mots d'encouragement en patois pour les animaux. C'était le *temps long*. J'ai eu, enfant, le privilège d'assister aux derniers instants de ce monde paysan[1].

En même temps qu'apparaissait le tracteur, de nouvelles vaches apparaissaient dans les prés. Dans cette partie du Cantal, la race bovine dominante avait toujours été l'Aubrac, à la robe froment et aux grandes cornes. Un animal bon à tout faire. La vache était

1. Dubois P. (photos de S. Chevallier), *Les Derniers Paysans,* Delachaux et Niestlé, 2012.

moyenne laitière, mais sa viande était réputée être bonne, même si l'animal n'en donnait pas beaucoup. C'était surtout une race de trait hors pair, connue bien au-delà des limites de l'Aveyron, dont elle était originaire. Juste après la guerre, tous les paysans n'avaient que ça dans leur ferme. Enfin, presque, car il y avait bien des vaches de race Salers, un peu plus grande, aux cornes immenses et au pelage acajou et légèrement frisé. Elles étaient voisines, en réalité, car le berceau se trouve dans les monts du Cantal. Races locales, races rustiques, elles ne faisaient plus le poids devant d'autres races plus performantes dont le monde paysan auvergnat commençait à bruisser. D'abord celle qu'on appelait la Brune des Alpes (aujourd'hui la Brune tout court), originaire de Suisse. D'abord un, puis deux et cinq paysans l'adoptèrent dans mon village, au détriment de l'Aubrac, à son tour envoyée à l'abattoir. Mais la victoire fut de courte durée. Arriva alors celle que l'on appelait la Hollandaise, à la robe pie noir, réputée excellente laitière et originaire des Pays-Bas comme son nom l'indiquait. Dans les années 1970, on l'a rebaptisée Frisonne, avant qu'elle ne prenne le doux nom de... Prim'Holstein. Exit la Brune. On commençait à avoir des « usines à lait » qui produisaient bien plus que la malheureuse Aubrac, et même que la Salers, pourtant un peu meilleure. Parallèlement, une autre race, française cette fois-ci, allait faire son apparition, en provenance de Franche-Comté : la Montbéliarde. Mieux adaptée à la montagne que la Frisonne, elle allait devenir une solide concurrente, d'autant que l'on n'hésita pas, dans les années 1980, à instiller un peu de sang de la première pour améliorer les performances de la seconde. De froment et acajou, le paysage bovin du Cantal devint pie noir et pie rouge. Ce changement de couleur de robe en annonçait de bien pire comme les vaches désormais écornées. Adieu les grandes cornes en lyre des Auvergnates : celles de la Montbéliarde étaient nettement plus courtes – même si plus développées que la Frisonne, qui les avait en couronne. Quant à celles de la Holstein, on ne saurait dire car, dès le tournant du XXIe siècle, la norme est devenue les « vaches-sans-cornes », afin que les animaux ne puissent pas se blesser et restent libres dans les stabulations sans se faire mal. Cela a aussi permis un gain de place et donc d'avoir plus de vaches pour une même surface. La Montbéliarde a suivi et toutes les autres races avec elle, si bien que d'ici deux ou trois décennies, on regardera avec autant de curiosité une Salers cornue que l'on regardait une paire de bœufs dans les années 1990. Mais avouons-le : un troupeau de vaches « acères » (sans cornes), ce n'est pas très joli.

Dans les années 1980 et 1990, les vaches locales ont bien failli être rayées de la biodiversité domestique. Il a fallu toute la ténacité d'éleveurs qui tenaient à leur cheptel pour que l'Aubrac et la Salers n'aillent pas rejoindre les quelque quarante races et populations bovines françaises qui ont disparu depuis le milieu du

XIXe siècle[1]. Cela a surtout été vrai pour l'Aubrac, qui n'a dû sa survie qu'au fait qu'on la reconvertisse en vache allaitante (à viande), désormais aussi grosse que courte sur pattes.

Ce que l'on dit pour les vaches est aussi valable pour les moutons : plusieurs races locales, toujours visibles en Auvergne, sont aujourd'hui menacées de disparition (Noire du Velay, Bizet). La chèvre du Massif central n'a eu la vie sauve que grâce à l'acharnement de quelques éleveurs qui ne voulaient pas voir disparaître celle qui, un demi-siècle auparavant encore, menait le troupeau de moutons sur le communal du village. Même chose pour le cheval d'Auvergne, qui reste bien fragile. Et ce que l'on dit pour l'Auvergne est valable pour la plupart des régions françaises. Dans les années 1950 et 1960, la politique agricole de notre pays prônait non seulement l'intensification et l'utilisation de tous les pesticides possibles et imaginables, mais aussi la réduction drastique du nombre de races animales, dites locales ou rustiques, au profit exclusif de quelques races à forte rentabilité. Et ce, sans le moindre souci de préservation globale du patrimoine génétique de chaque espèce. Car lorsqu'une race de poules ou de vaches disparaît, c'est un fragment du génome de l'espèce poule ou vache qui disparaît avec elle. Or, lorsque le génome d'une espèce perd

1. Dubois P., *Toutes les vaches de France, d'hier, d'aujourd'hui et de demain,* Delachaux et Niestlé, 2017.

ainsi une partie de sa diversité, l'espèce en question s'en trouve fragilisée. Il faudra attendre la fin du XXe siècle pour que les pouvoirs publics commencent à prendre en compte cette réalité scientifique.

Revenons un instant à cet après-guerre et à la période de développement industriel et agricole que connaissent les pays européens. Dans les campagnes françaises, telle celle où vit Denise, on veut coller à cette modernité. Dans les maisons, on pratique un grand nettoyage. Exit les meubles anciens, gardés depuis des générations, voire des siècles, et bienvenue au formica et au plastique. Cette période fera les affaires des antiquaires et collectionneurs qui dénicheront des trésors. Certains en profitent même pour piller les églises, encore grandes ouvertes. Tout ce qui peut rappeler les temps anciens doit disparaître. Au mieux, on vend au brocanteur de passage, sinon on met à la benne. En quelques années, les fermes ont changé d'aspect. Intérieur « moderne », antenne télé sur le toit, tracteur dans la cour, qui côtoie la voiture, poules et basse-cour tenues dans un enclos grillagé, chien de pays disparu ou enfermé à l'intérieur. Et puis, bientôt, l'arrivée de l'ensilage et ses odeurs... Enfin, et principalement au tournant du XXIe siècle, la construction de grands hangars pour remiser le foin, la paille et les engins agricoles, de plus en plus imposants et nombreux. Mais également pour y mettre une stabulation libre pour les vaches et protéger les salles de traite mobiles.

Mes échanges avec Denise tournent souvent autour de cette évocation d'un monde aujourd'hui disparu. L'inventaire qui précède peut résonner comme une complainte passéiste. Pour Denise, c'est certainement cela. Le monde d'avant était dur, mais il était mieux. Elle ne voit rien de bon dans le futur qui s'annonce. En un certain sens, Denise est passéiste. Je ne le suis pas ; je suis simplement nostalgique, ce qui est différent. La frontière est ténue, mais elle existe. Je suis surtout triste de constater la disparition d'un certain équilibre entre l'homme et la nature, d'une complicité même, disparition qui a conduit à une domination du premier sur la seconde. Je ne remets pas en cause les progrès qu'un certain nombre d'actions techniques ont pu apporter à la vie quotidienne des paysans (devenus entre-temps agriculteurs, puis exploitants agricoles), comme Denise ne prône pas le retour à la lampe à pétrole et à l'eau du puits qu'elle a connus dans sa jeunesse. Simplement, il faut prendre conscience des impacts qu'a eus sur l'environnement lui-même cette modernisation menée au pas de charge. On vivait encore dans cette idée d'une nature généreuse, résiliente et aux ressources illimitées. On a vu, un demi-siècle plus tard, combien tout cela était une profonde erreur de jugement.

Ce que je n'arrive pas à concevoir, c'est qu'il ait été forcément nécessaire de passer par cette étape d'appauvrissement de la biodiversité, de la pollution extrême des sols, pour accoucher d'une agriculture productive et performante. J'aimerais que Denise me dise, qu'elle m'apporte un début d'explication ou de justification. Mais comme tous les paysans de sa génération (et de celles qui lui ont succédé), elle ne sait pas. Le rapport entretenu avec la nature était bien différent, car vu comme inépuisable, avec une terre parfaitement résiliente, capable de tout absorber et de le rendre sous forme de prés gras et de blés abondants. De là vient son passéisme : à l'époque, on considérait que ce que donnait la nature était un dû – qui aujourd'hui n'est plus. De là vient ma nostalgie : voir que l'on n'a pas compris qu'elle était un bien fragile dont il fallait prendre soin pour la pérenniser.

Pendant ces fameuses (et en partie funestes) Trente Glorieuses, le paysage agricole a été bouleversé.

Quelques chiffres[1] : en 1900, un Français sur deux est agriculteur ou travaille dans le monde agricole. Au sortir de la Seconde Guerre mondiale, ce n'est plus qu'un actif sur trois qui travaille dans ce secteur, mais un Français sur deux habite encore en zone rurale. Nous sommes encore dans ce qui peut ressembler à une image d'Épinal de la France rurale et agricole, celle qui fut chantée pendant la triste période de l'Occupation et du régime collaborationniste de Vichy. Bien vite, la part des actifs dans l'agriculture ne va cesser de diminuer

1. Source : ministère de l'Agriculture et statistiques INSEE. www.insee.fr/fr/statistiques/4806717-2019.

(voir le chapitre VI « Une pensée pour les « cousins » de Denise en... Mongolie »).

Pendant ce même temps, le paysan vieillit. Aujourd'hui (statistiques de 2019), 55 % des agriculteurs ont plus de 50 ans, tandis que les jeunes de moins de 25 ans ne représentent que 1 %... Et la profession se masculinise. Quand Denise était toute jeune, il y avait à peu près autant d'hommes que de femmes à l'étable ou dans les champs. En 1982, 61 % des agriculteurs étaient des hommes et près de quarante ans plus tard, ce pourcentage atteindra 73 % (2019).

Moins de paysans, moins d'exploitations agricoles. Sans remonter bien loin, le nombre de ces exploitations est passé de 490 000 en 2010 à 389 000 en 2020, soit une perte de près de 100 000 exploitations en dix ans, c'est-à-dire plus de 27 fermes qui disparaissent chaque jour ! Pour mémoire, le nombre d'exploitations agricoles était, en 1970 (il y a un demi-siècle), de 1,6 million... Paradoxalement, si le nombre d'exploitations agricoles a diminué, leur taille n'a cessé d'augmenter durant la même période. Entre 1970 et 2020, la taille moyenne est passée de 19 ha à 69 ha, soit plus d'un triplement en cinquante ans. Ce sont d'ailleurs les élevages bovins mixtes (lait et viande) qui se sont le plus développés : 102 ha en moyenne en 2010, 123 ha en 2020. Et comme nous ne sommes pas à un paradoxe près, ce sont aussi celles qui ont le plus diminué (–41 % pour la même période).

« Tu me donnes le tournis avec tes chiffres ! » me dit Denise. Mais au-delà du caractère abrupt de ces données se cache une réalité environnementale indéniable. Car, dans le même laps de temps, qu'a-t-on fait de cette nature, même domestiquée ? Pour que les exploitations soient plus rationnelles dans leur production est arrivé, pendant cette période des années 1960-1970, le remembrement. L'impératif était d'agrandir la taille des parcelles pour les exploiter plus intensivement, permettre aux engins de manœuvrer. L'arasement des haies a été la grande affaire. Dans le pays de Denise, on s'est aussi évertué à démanteler les nombreux murs de pierres sèches qui délimitaient les parcelles et empêchaient le bétail de vagabonder, en éliminant du même coup une faune composée d'oiseaux, de reptiles et d'insectes qui y trouvaient refuge et qui s'y reproduisaient. De même, les bosquets mal placés, au milieu d'un champ, étaient décapités. Autre problème : les fonds humides où l'eau stagne en fin d'hiver. Les *sagnes* de la planèze et d'ailleurs en Auvergne. À grands coups de drainage, on les a réduits à l'état de paillasson. En quelques années, ces lieux de grande diversité animale et végétale ont disparu. La végétation herbacée qui y poussait et qui faisait la richesse des prairies aussi. D'ailleurs, ces prairies dites « naturelles » n'avaient pas le rendement escompté et, surtout, elles étaient tardives. Elles n'arrivaient à maturité qu'en tout début d'été. On les a donc converties en prairies artificielles, riches en légumineuses et graminées fourragères, mais ultra-pauvres en diversité végétale.

Il suffit d'observer un paysage prairial au mois d'avril ou mai pour constater que la prairie est quasi totalement verte, sans le piquetage de couleurs que développaient les fleurs. Ces prairies, souvent amendées (avec du lisier en montagne auvergnate, mais avec de l'azote dans d'autres régions), donnent une pousse drue et précoce. Si bien que dès le mois de mai – un peu plus tard en région montagneuse – commence la fenaison. Ce qui a un effet délétère sur quantité d'espèces d'oiseaux qui nichent dans ce type de milieu, mais aussi pour les fleurs (qui n'ont pas le temps de fleurir) ou les insectes, incapables de les polliniser. Et c'est sans parler de l'ensilage ou de l'enrubannage, pour lesquels la fauche peut être plus précoce encore.

Dans les champs de céréales, c'est à peu près la même chose. Mais ici, l'épandage de produits dits « phytosanitaires » détruit ce que l'on appelle la faune et la flore messicoles (liées aux céréales). Si bien qu'il est devenu difficile de voir un champ de blé ponctué de coquelicots, bleuets et autres marguerites ou chardons. Ces mêmes champs qui, autrefois, bourdonnaient d'abeilles et autres hyménoptères, mais aussi de papillons, en sont à présent désertés. La stérilisation progressive de ces milieux, devenus principalement des usines à produire de l'alimentaire, a conduit à un effondrement du vivant. Pour ne rien arranger, le climat a changé, sous les coups de boutoir que lui assène l'homme depuis plus de cent cinquante ans. Résultat très concret : il fait de plus en plus chaud et il pleut de moins en moins, ce qui a pour conséquence – parmi d'autres – d'avancer encore un peu plus les dates de fenaison puis de moisson.

Dans le pays de Denise, qui s'étend de la Margeride au pied des monts du Cantal, les agriculteurs ne savent plus trop quelle trajectoire suivre. En quelques décennies, j'ai pu voir la fin de l'agriculture traditionnelle, puis la mode de l'ensilage et l'émergence de silos qui dégageaient une odeur infâme. Lui a succédé l'enrubannage, qui sent moins mauvais mais qui nécessite la mise sous film plastique (souvent de couleurs vives pour une raison qui nous échappe) des récoltes. Dans la même période, j'ai vu les prairies disparaître petit à petit, au profit des céréales. La planèze de Saint-Flour s'est transformée en petite Beauce, tant le blé et d'autres céréales ont pris une place croissante. Le maïs a même fait son apparition, avec un succès mitigé. Et puis la politique agricole européenne a changé. Exit les céréales, voici la prime à l'herbe. Et de retourner la terre et d'y semer une herbe (luzerne, sainfoin, trêfle...). Bien belles prairies, vides de vies.

Enfin pas tout à fait, car le paysan a un nouvel ennemi : le campagnol terrestre, appelé aussi « rat taupier ». Dans les régions de montagne de moyenne altitude notamment (Auvergne, Franche-Comté), ce rongeur s'est développé de façon assez spectaculaire depuis quelques décennies. Et pourquoi donc ? Sans doute tout à la fois à cause du réchauffement climatique qui entraîne des périodes de gel plus courtes, de la diminution de la mortalité hivernale, d'un appauvrissement de la biodiversité (moins de prédateurs, notamment à cause de la disparition des haies), et enfin du développement de parcelles toujours plus grandes et d'un herbage homogène : tout ce que recherche ce campagnol. Le rongeur pullule donc de plus en plus, et met les prairies dans un mauvais état. Dans un premier temps (hélas, long), on a utilisé la bromadiolone, un rodenticide (biocide ciblant les rongeurs) efficace, mais très dangereux pour le vivant. Résultat, on a vu dans certaines régions les rapaces diurnes (notamment le milan royal) dépérir rapidement. Or ce sont justement les rapaces qui sont les meilleurs auxiliaires des agriculteurs dans la chasse aux campagnols. Chaque oiseau peut en ingérer des milliers par an. Si la bromadiolone est à présent (officiellement) interdite car trop dangereuse, elle peut être remplacée par le Ratron GW, élaboré à base de phosphure de zinc, mais dont l'emploi (manuel uniquement) est fastidieux.

Dans le même temps, et aux côtés des rapaces, on trouve un puissant ennemi des campagnols : le renard, champion de la lutte contre ces rongeurs. Mais il a très mauvaise presse et il est difficile de faire comprendre à un agriculteur (qui est aussi souvent chasseur) qu'il faut épargner les renards si l'on veut faire diminuer les campagnols. Cela a déjà été suffisamment compliqué de faire entendre la nécessité des rapaces dans cet écosystème agricole. Alors le renard...

Cet exemple illustre parfaitement l'impasse dans laquelle se trouve aujourd'hui le monde paysan, qu'il ne faut pas incriminer pour tous les malheurs que subit la nature. Les pouvoirs publics (« Paris » ou « Bruxelles », comme on dit sur la planèze), depuis des décennies, font des injonctions ou édictent des lois – relayées par les chambres d'agriculture ou certains syndicats professionnels – concernant le mode de conduite des exploitations agricoles. Sans souci de la contradiction, d'ailleurs, comme ce fut le cas pour les haies. Lors des remembrements, des primes étaient octroyées pour l'arasement. Vingt ou trente ans plus tard, et sur les mêmes communes, de nouvelles primes à la plantation de haies étaient proposées aux agriculteurs... La gouvernance chaotique de l'exploitation des terres agricoles, en fonction des décisions nationales ou européennes et selon des critères souvent contradictoires, a conduit à un affaiblissement considérable de la résilience de ces mêmes terres, à une perte de la biodiversité, à un appauvrissement important des sols en matière organique (sols qui sont de plus en plus chargés en pesticides en tout genre), à une gestion à court terme et mal ciblée de la ressource en eau, à des cultures parfois inappropriées aux sols et au climat de la région... Tout cela conduisant, en ce XXIe siècle bien entamé, à un écosystème agricole en assez mauvais état.

À faire le tour de tous ces désordres engendrés par une conduite hasardeuse de l'agriculture, on peut se dire qu'il y a là l'une des raisons pour lesquelles la campagne française s'est vidée de ses paysans, et qui explique que le taux de suicides de la profession soit l'un des plus hauts au niveau national. À l'image nostalgique d'une paysannerie heureuse a succédé celle d'une agriculture malheureuse, plus triviale, faite d'endettements, de course à l'extension et au productivisme, de galères administratives, de marges à rogner, propre à désespérer la plupart des agriculteurs. Qui aujourd'hui a réellement envie de reprendre la ferme de ses parents ? Les candidats ne sont pas légion. Il faut désormais l'appoint de néoruraux, qui ont conscience de ce qui les attend en (re)prenant une installation agricole, parfois ayant fait le choix du bio – car la démarche procède le plus souvent d'une réflexion mûrie prenant en compte les difficultés.

En cet après-midi de décembre, bien au chaud chez Denise, contre sa cuisinière à bois, et tandis qu'une neige fine tombe sur le village endormi, je l'écoute me parler de sa jeunesse paysanne dans un monde quasi révolu. Je bois une nouvelle tasse de son café ultra-léger qu'elle est allée chercher dans l'arrière-cuisine en claudicant car sa cheville droite lui fait mal. Je lui fais part de mes réflexions sur l'avenir du métier de paysan : « Le pays se meurt, dit-elle, il n'y a plus un jeune à vouloir reprendre la ferme. Regarde les D. Ce sont deux vieux garçons. Après eux ? Fini ! » Je lui dis que, peut-être, des jeunes viendront d'ailleurs pour reprendre leur ferme. « Pffeuh ! » répond-elle en haussant les épaules.

Sur son buffet style années 1960 trône un renard empaillé au pelage miteux qui, de ses yeux de verre, fixe le plafond. Denise me dit : « Henri [son mari décédé] n'a jamais chassé. C'est un voisin qui l'a tué du côté de Bouzentès et qui le lui a donné. Il n'est pas beau mais, que veux-tu, c'est un peu de la nature ! »

III

Nous avons perdu la mémoire...

Lorsqu'elle gardait les vaches autour de Salcrus, Denise entendait les alouettes s'époumoner au printemps. Dommage qu'elle n'ait pas été ornithologue : elle aurait pu, au long des chemins qu'elle parcourait à pied si souvent, compter le nombre de chanteurs de cette espèce au fil des années. D'autres auraient pu le faire par la suite, pour vérifier si leur nombre avait baissé ou était resté le même. Et j'aurais moi-même, quelques décennies plus tard, pu reprendre le flambeau. Si bien que nous saurions aujourd'hui combien il y avait de chanteurs d'alouettes des champs le long de tel parcours et combien il en reste aujourd'hui. Car, à n'en pas douter, avec une chute importante de l'espèce ces dernières années, il y a sûrement moins d'oiseaux que par le passé (–23 %

depuis le début du XXIe siècle pour l'ensemble de la France[1]).

Mais qui le sait, qui s'en souvient ? J'ai fait le test. Lorsque j'étais tout jeune et que je m'intéressais aux oiseaux, je me souviens d'une promenade avec mon père où je lui disais que j'entendais chanter plein d'alouettes. Il m'avait répondu que ce n'était plus grand-chose par rapport à ce que lui entendait quand il était jeune. Des années plus tard, me promenant à mon tour avec mes enfants, je leur faisais la remarque qu'il y avait moins d'alouettes qui chantaient que lorsque j'étais jeune. Et eux de me répondre, mais si, il y en a, on en a entendu plusieurs depuis le début de notre balade !

Certes nous avions entendu ce jour-là trois ou quatre chanteurs, sur ce même circuit que j'avais parcouru vingt-cinq ans plus tôt et où j'en avais compté dix. Sans doute que mon père, en son temps, en aurait dénombré vingt ou vingt-cinq. Quoi qu'il en soit, la diminution est indéniable. Simplement, chacun a son référentiel car, sur trois générations, nos repères se sont déplacés : ainsi, nous disons bien tous « il y a (encore) des alouettes », mais nous ne désignons pas la même chose et la même quantité. En réalité, dans ce laps de temps, nous avons été victimes du « syndrome de la référence changeante »,

1. Source : « Suivi des oiseaux communs en France 1989-2019 : 30 ans de suivis participatifs », MNHN, Centre d'écologie et des sciences de la conservation, LPO BirdLife France, Service Connaissance, ministère de la Transition écologique et solidaire, 2021.

et l'amnésie écologique a fait son œuvre. Arrêtons-nous un instant sur ce phénomène.

Dans le cas de nos alouettes, chaque génération prend comme base de référence le nombre de chanteurs qu'elle observe. Plusieurs années plus tard, le nombre d'alouettes s'est modifié et c'est ce nouvel état de référence qui sert à la génération suivante d'observateurs. Il en résulte que, sur le long terme, les tendances réelles d'évolution vont être ignorées puisque l'on ne considère plus alors le nombre initial de chanteurs. Il se produit donc une accommodation graduelle à la lente diminution des alouettes et une perte de la réalité historique de cette évolution. Au fil du temps, on perd ainsi la capacité de percevoir la diminution réelle d'une espèce donnée.

Pour le commun des mortels, cela ne semble pas bien grave. Pourtant, le risque est que, cherchant à protéger une espèce mais en ne prenant pas correctement en compte la trajectoire évolutive réelle des effectifs de cette espèce, on prenne de mauvaises décisions, pensant qu'elle est moins en danger qu'elle ne l'est réellement. C'est ce qu'a montré le chercheur Daniel Pauly lorsqu'il a, le premier, défini ce biais, qu'il a appelé le « syndrome de la référence changeante » (*shifting baseline syndrome* en anglais). Ce syndrome risque de créer un diagnostic erroné dans l'appréhension d'un phénomène environnemental. Et c'est l'amnésie qui est à la manœuvre dans ce processus. Ce terme n'est pas impropre : dans la situation précédemment évoquée, une perte d'information se produit sans que l'on ait conscience de cette perte. Cette amnésie écologique (ou environnementale) fait que nous considérons l'état de l'environnement dans lequel nous vivons comme la norme et non la résultante de dégradations antérieures qui ont conduit à cette situation. Chaque instant de notre vie est considéré comme un état initial (le temps T0), une sorte d'étalon pour mesurer les dégradations environnementales que nous constatons. Mais comme nous faisons des mises à jour permanentes dans notre cerveau, du fait de notre amnésie, cela a pour conséquence de repousser chaque fois l'émergence du temps T1, qui nous permettrait d'appréhender la différence d'état de notre environnement entre ce moment-là et le T0 ! Il s'agit en quelque sorte d'une amnésie personnelle. Chacun de nous a oublié sa propre expérience, sa connaissance personnelle d'une situation passée. Par exemple, on ne se souvient plus des plantes ou des animaux aujourd'hui disparus qui peuplaient, sans être rares, l'environnement de notre enfance. C'est qu'entre-temps, notre cerveau a fait, comme nous l'avons dit, des « mises à jour », oubliant ces changements tandis que l'état présent est devenu la référence.

Cette amnésie individuelle se double d'une amnésie générationnelle. Dans ce cas, il y a rupture de la transmission de l'information des aînés vers les générations suivantes. Les plus jeunes ignorent alors les conditions environnementales et écologiques passées. Ainsi, d'une génération à l'autre, le niveau de dégradation de l'environnement n'est pas vraiment perçu alors qu'il est important. Ce manque de transmission peut avoir des origines différentes. Ainsi, dans le monde agricole, les jeunes ignorent jusqu'au nom de certaines races domestiques (bovins, ovins, etc.) qui peuplaient autrefois leur région et qui ont sinon disparu (le plus souvent), du moins ont été considérablement réduites en effectifs. C'est que, par exemple, leurs grands-parents ne leur ont jamais parlé de telle race bovine, moins rentable et productive, que les races actuelles, simplement parce que l'on ne parle pas d'animaux qui ne représentent plus les canons de la productivité animale. Exit la vache Fémeline en Franche-Comté, la Mézine en Haute-Loire ou encore la Bazougers en Mayenne.

De même pour la faune sauvage : l'amnésie individuelle a conduit nos aînés à ne rien dire des oiseaux, mammifères, insectes ou plantes qui les entouraient, puisqu'ils ont fait, leur vie durant, des mises à jour permanentes et le plus souvent inconscientes de leur mémoire. Dès lors, ils ont fini par penser réellement que la faune et la flore qui les entourent avaient toujours été celles qu'elles sont aujourd'hui, et ne sont souvent plus même capables de nommer les espèces qui étaient fréquentes par le passé[1].

Ce sont les biais cognitifs qui sont à la manœuvre dans ce schéma de pensée face à notre environnement qui change. La perception de ce changement au fil

1. Voir notamment l'étude de E. J. Milner-Gulland *et al.*, publiée dans *Conservation Letters* et intitulée « Evidence for shifting baseline syndrome in conservation », 2009.

du temps est occultée par notre cerveau. C'est ce que l'on appelle le biais de disponibilité[1]. Un exemple classique, dans notre vie quotidienne, est notre rapport à la météo ! Les médias nous disent que les dernières années ont été les plus chaudes jamais enregistrées. Elles vont donc devenir la norme de référence pour les années futures (qui seront sans doute plus chaudes encore), au détriment des références antérieures, où les températures étaient moins élevées. La perte de cette perception sur le long terme minimise, en quelque sorte, le réchauffement, dont nous percevrons moins l'ampleur sur une échelle de temps plus longue… Il suffit de constater notre pouvoir d'oubli à l'égard d'événements météorologiques majeurs, de sécheresses passées (et, autrefois, d'hivers rigoureux). Le temps d'un jour fait oublier celui de la veille. La variation quotidienne sème la confusion dans notre esprit, si bien que nous n'avons comme référence que le temps qu'il fait ici et maintenant.

Mais revenons une dernière fois à nos alouettes. Denise connaît les alouettes, mais cela fait assez longtemps qu'elle ne se promène plus dans les champs pour les entendre. Simplement, elle se souvient de sa jeunesse et d'un temps plus récent où l'air était rempli de chants. Bien sûr, elle ne saurait dire combien il y en avait entre chez elle et l'église d'Anglards (elle ne

1. Marshall G., *Le Syndrome de l'autruche. Pourquoi notre cerveau veut ignorer le changement climatique*, Domaine du Possible, Actes Sud, 2014.

les a jamais comptées !), ni même à quel ordre de grandeur correspond le déclin qu'elle constate. Sans doute, entre sa jeunesse et les années 1990, lorsqu'elle marchait encore beaucoup, une diminution s'est produite qu'elle n'a peut-être pas décelée (même si cette diminution, si elle a eu lieu, a dû être de moindre importance que depuis les années 1990, si l'on en croit les études scientifiques récentes effectuées en France, sous l'égide du Muséum national d'histoire naturelle). Seulement, lorsqu'on lui pose la question, Denise affirme sans hésitation que les alouettes étaient très nombreuses partout dans la campagne lorsqu'elle était petite. Et sans doute, si je l'emmenais aujourd'hui sur les lieux de son enfance, elle me dirait qu'elle n'en entend plus aucune (même s'il en reste quelques-unes). En interrogeant Julien, un « jeune » agriculteur du coin, âgé d'une quarantaine d'années, celui-ci est incapable de me dire si les alouettes des champs sont moins nombreuses qu'il y a vingt ans. Pour quelle raison ? D'une part parce que le déclin s'est poursuivi entre il y a vingt ans et aujourd'hui, mais en partant du temps T0 où l'espèce était déjà devenue assez rare, donc moins détectable. D'autre part – et c'est là un point important – parce que cet agriculteur et Denise ne sont pas du même monde. Le premier vit dans l'immédiat, téléphone portable en poche, ordinateur branché qui lui donne les indications sur les intrants à mettre dans ses champs, les doses de protéines nécessaires pour chacune de ses vaches. Dès qu'il le peut, il consulte ses sms et les réseaux sociaux.

Toute chose qui joue contre la mémoire, et qui détourne notre attention de menus faits de notre quotidien. Julien vit *avec son temps*. Rapidement, immédiatement, dans le court terme. Denise n'a pas de *smartphone* (juste son téléphone filaire, bien ancré à sa prise), pas d'ordinateur. Elle lit *La Montagne* et regarde le journal régional du soir sur France 3 Auvergne. Elle sait à peu près tout sur comment va le monde. Simplement, elle n'est pas dans l'immédiat. Comme elle ne sort plus guère de chez elle, elle passe de longs moments à regarder filer les nuages par la fenêtre de sa cuisine.

On peut arguer, sans doute avec justesse, qu'il existe un facteur individuel dans l'appréciation du changement environnemental. Certaines personnes seront plus attentives que d'autres à ces changements, plus sensibles à de menues modifications dans le milieu naturel. Cela dépend du degré d'intimité que l'on entretient avec la nature et avec le vivant qui la peuple. Celui ou celle qui ne regarde jamais les fleurs ne verra jamais que telle fleur a disparu !

De plus, selon notre personnalité, nous percevons peut-être plus facilement des ajouts que des pertes. Nous remarquerons plus facilement l'édification d'un hangar ou d'une maison que la disparition d'une haie d'aubépines ou d'une espèce d'oiseau. Enfin, le flux d'informations permanent qui nous irradie nous conduit vers une digression en nous faisant passer d'un événement à un autre. Il devient alors difficile de faire le tri entre l'essentiel et l'accessoire, et toutes les informations que nous recevons ont tendance à se présenter avec une importance égale. Addicts de l'immédiat, nous recherchons toujours l'instant d'après en occultant le moment présent.

Au-delà de ce rapport différent à la nature et à l'environnement que l'on peut avoir selon nos personnalités, la différence entre Denise et Julien est que le second a une vie submergée par les informations, court après le temps, et n'en a pas pour regarder son environnement sauf d'un point de vue strictement technique, comme la pousse de l'herbe, la croissance d'une céréale, une clôture à refaire ou l'état de son troupeau. Denise est dans le *temps long*. Celui de sa longue vie, mais aussi l'esprit moins encombré d'informations de toute sorte, qui se bousculent, se remplacent ou s'empilent dans nos cerveaux. De ce fait, le sien fait moins de mises à jour et fait ainsi rempart à l'amnésie individuelle (sans parler du fait que Denise a une mémoire exceptionnelle pour son âge).

Mais quel rapport avec les alouettes ? Eh bien, Denise peut me parler du déclin de l'alouette des champs, certes empiriquement mais avec suffisamment de précision pour que je puisse affirmer qu'un déclin impressionnant a eu lieu dans la seconde moitié du XXe siècle. Et s'il se poursuit encore (je peux en attester par mes propres suivis quantitatifs), Julien, lui, ne peut rien m'en dire. Sait-il d'ailleurs qu'il en reste dans quelques-unes de ses parcelles ?

Est-ce finalement si important que cela, qu'ils aient chacun une appréciation différente du statut de l'alouette des champs en Auvergne ? Et d'ailleurs, l'alouette des champs est-elle primordiale dans le monde d'aujourd'hui ? *A priori*, non. Mais en réalité, oui. La perte locale d'une espèce animale ou végétale est désormais chose régulière. En général, personne ne s'en émeut, à l'exception des quelques naturalistes ou des personnes qui se sont battues (en vain) pour sa conservation.

Dans le chapitre suivant, nous allons voir que les pertes dans la biodiversité, même si elles ne sont en général pas perçues isolément, ont sur le long terme et en se cumulant un effet délétère. Délétère pour l'équilibre même des écosystèmes, chaque fois un peu plus affaiblis. Délétère aussi pour nous, qui, victimes de l'amnésie individuelle et générationnelle, n'avons pas vu venir ces disparitions et qui, un jour, nous réveillons devant un environnement qui fut le nôtre et que nous ne reconnaissons pas.

IV

Quand le pays nous quitte (qu'est-ce que la solastalgie ?)

Dans la tiédeur de la pièce entretenue par la cuisinière à bois où mijote la soupe du soir, je devise une fois encore avec Denise, tandis que nous sirotons son café léger. On est en mars et ici, à 1 000 mètres d'altitude, c'est encore l'hiver. Aujourd'hui, le ciel est gris, ne laissant entrevoir que de petits bouts de ciel bleu pâle, tandis qu'un vent de nord-ouest rafraîchit encore l'atmosphère. À échanger avec Denise, on dirait que rien n'a bougé depuis des décennies. Sinon que nous avons tous les deux vieilli, qu'elle n'est plus la personne alerte qui escaladait le mur qui séparait sa maison de notre grand pré, et que je ne suis plus le gamin qui courait après les vaches. Son intérieur est le même que celui que j'ai connu il y a presque un demi-siècle. Seules la toile cirée et la télévision ont changé.

« Ici, c'est la vieille mode », me dit-elle en conclusion d'un échange. Traduire : rien n'a changé. En apparence peut-être, mais dans la réalité, c'est tout le contraire. Cela fait bien longtemps que Denise ne se déplace plus, sinon pour aller chez le médecin ou à l'hôpital si nécessaire. Mais elle n'a jamais été une grande voyageuse ni une grande aventurière. Paris ? Elle n'y a jamais mis les pieds, et quand on lui demande pourquoi, elle s'esclaffe avec un geste de répulsion. La mer ? Elle ne l'a jamais vue, sinon à la télévision. Et ça ne lui manque pas. En réalité, Denise a poussé une pointe jusqu'à Clermont-Ferrand (pour des histoires de santé), jusqu'à Saint-Étienne, où vit l'une de ses sœurs, et, lorsqu'elle était jeune, jusque dans le Midi, où elle a fait les vendanges pour gagner des sous. Rien de plus, et c'est très bien comme ça, dit-elle.

Quelque temps plus tard, au printemps, je me décide à demander à Denise si elle aimerait retourner avec moi dans le hameau qui l'a vue naître. Elle qui n'aime plus bouger, elle me répond immédiatement « Pourquoi pas, tiens ? ». Il ne m'en faut pas plus pour lui proposer une date et choisir une belle journée ensoleillée.

Nous voilà partis pour Salcrus. Après Saint-Flour, je choisis de prendre les plus petites routes possibles, pour éviter l'A75 qui coupe le paysage du nord au sud et qui a définitivement isolé l'ancienne gare de Ruynes-en-Margeride. Tandis que nous sillonnons la campagne sur des routes qui ne voient pas passer grand monde, et que nous nous approchons du hameau, j'observe Denise du coin de l'œil. Silencieuse, elle regarde devant et autour d'elle et, peu à peu, commence à faire quelques remarques. Telle bâtisse n'existait pas ; telle autre, aux volets clos, appartenait à un médecin de Saint-Flour (sans doute est-elle aujourd'hui une résidence secondaire). Ici comme ailleurs, de grands hangars métalliques ont poussé ; Denise les ignore.

Nous voici dans son hameau. Silence total, pas une âme qui vive dans la rue principale. Denise me dirige vers la maison de famille, vendue depuis bien longtemps à des retraités qui l'utilisent comme maison estivale. Après nous être garés le long du mur d'enceinte, nous nous dirigeons vers le petit portail en fer. Sans hésiter, Denise l'ouvre et entre dans la cour herbue. Je lui fais remarquer que nous ne sommes pas chez nous. « Penses-tu ! » me répond-elle, en claudiquant vers la porte d'entrée.

C'est une petite maison tassée sur elle-même, faite dans le schiste local et recouverte ici et là de salpêtre. Les étroites fenêtres ont leur châssis en bois, sûrement d'origine car sur la partie haute de l'un d'entre eux est gravé « 1928 » au couteau, année de naissance de Denise. Dans la cour se dresse un gigantesque épicéa. « C'est mon père qui l'a planté quand je suis née ! » me dit-elle en pointant sa canne vers la cime. Tout témoigne ici de l'économie du peu. L'étable ne pouvait guère en effet, vu sa taille, abriter plus de sept vaches et quelques moutons. Le potager, en revanche – Denise me montre son emplacement –, devait être plutôt vaste. Je l'imagine gamine, avec ses bottes ou ses grosses chaussures, menant du bâton les vaches au sortir de l'étable, les hirondelles profitant de la porte ouverte pour s'y engouffrer et aller nourrir les nichées, blotties sous les poutres. Denise est heureuse, je le vois à sa marche plus assurée tandis qu'elle fait le tour de la maison. « Tu sais, me dit-elle, ici, on vivait de peu, mais on avait tout. » On avait tout, dans ce petit hameau, lové dans un creux, à l'abri des regards, loin de tout, du bruit, des gens.

Soudain, une tête dépasse de la haie qui sépare la maison de celle du voisin. Une dame, la soixantaine, étonnée de voir des gens ici. « C'est Madeleine ? demande Denise. C'est Denise ! » La voisine pousse un cri : elle ne devait pas s'attendre à trouver Denise ici, qu'elle n'avait pas vue depuis plus de dix ans. Elle nous invite à prendre un café chez elle. Denise ne se fait pas prier. Pendant plus d'une heure, elles évoqueront une vie déjà ancienne, mais bien moins que celle qui vit Denise jeune fille garder les vaches de ses parents. Au sortir de chez Madeleine, alors que je raccompagne Denise chez elle, je lui demande si elle a reconnu la campagne autour de chez elle : « Ouh, pas bien trop, mon pauvre. Tu sais, tout ça a bien changé depuis le temps. » Je lui demande ce que cela lui fait. Elle ne répond pas tout de suite. Puis elle lâche sobrement : « Je ne sais... Que veux-tu... »

Cette impression d'environnement que l'on a connu et dans lequel on ne se reconnaît plus peut créer un stress, une tristesse, voire une détresse. On a récemment donné un nom à ce mal : la *solastalgie*. Dans un article publié en 2005[1], puis dans un ouvrage paru en français en 2019, le philosophe de l'environnement australien Glenn Albrecht a défini la solastalgie comme « la douleur ou la détresse causée par une absence continue de consolation et par le sentiment de désolation provoqué par l'état actuel de son environnement proche et de son territoire. Il s'agit de l'expérience existentielle et vécue d'un changement environnemental négatif, ressenti comme une agression contre notre sentiment d'appartenance à un lieu[2] ». Ce terme un peu étrange est constitué de la juxtaposition du mot anglais *solace* (le réconfort, la consolation), du latin *solacium* (soulagement, consolation), et du suffixe « -algie » (du grec *algos*), la douleur, la souffrance. Mais au-delà de l'étymologie stricte du mot, Glenn Albrecht a voulu mettre en résonance des termes comme « désolation » et « consolation », le premier évoquant la privation, l'abandon et la solitude, tandis qu'au contraire le second fait appel au soulagement de la détresse et au réconfort. Le mot « solastalgie » contient en quelque sorte le mot choisi et son opposé. Le néologisme renvoie aussi au mot « nostalgie », c'est-à-dire à la tristesse causée par le fameux « mal du pays ». Et c'est exactement la situation : la douleur causée par le sentiment de perte ou

1. Albrecht G., « "Solastalgia". A new concept in health and identity », *Philosophy, Activism, Nature*, 2005.
2. Albrecht G., *Les Émotions de la terre. Des nouveaux mots pour un nouveau monde*. Les Liens qui libèrent, 2020.

d'inconfort face à un territoire familier devenu étranger. Comme je l'ai écrit dans un précédent ouvrage[1], la solastalgie procède de l'expérience vécue, du constat réel d'un délitement de son environnement, de la dislocation puis de la perte des références visuelles et physiques qui constituaient le milieu dans lequel on a vécu et où l'on vit encore. Le potentiel de réconfort que l'on cherche dans le présent est soudain affaibli par l'absence de ces repères.

Ce sentiment de perte sera d'autant plus fort que notre rapport à la nature aura été fort. Si nous portons un regard distant, passif, à notre environnement, nous n'aurons pas vraiment conscience de la perte, d'autant moins que, comme nous l'avons vu précédemment, l'amnésie fera son travail pour ne pas nous alarmer sur ce processus de disparition des éléments constitutifs de notre environnement. Car amnésie et solastalgie sont très liées. La seconde est à mon sens la résultante de la première. L'amnésie, qui devrait en théorie nous permettre de ne pas nous souvenir de ce qui fut, nous empêche en réalité de faire le deuil de tout ce qui n'est plus. Cette accumulation de deuils non accomplis nous mène à ce sentiment de solastalgie : le réveil, lorsque l'on finit par se rendre vraiment compte qu'il manque quelque chose dans notre *pays*, est d'autant plus douloureux que nous n'avons pas pris conscience progressivement que nous avons perdu les éléments qui le composaient.

1. Dubois P., *Le Chagrin écologique. Petit Traité de solastalgie*, Seuil, 2021.

Ce que nous ressentons n'est pas de la nostalgie, car nous n'avons pas le mal d'un pays que nous aurions quitté : c'est le pays qui nous a quittés. C'est cela, la solastalgie.

Faites le test : retournez sur un lieu de votre enfance (ou de toute autre période ancienne de votre vie), un lieu où vous avez eu de bons souvenirs, qui vous était familier et que vous aimiez. Regardez attentivement ce qui a changé : telle mare qui a disparu, tel petit bois où vous jouiez, telle petite épicerie où vous alliez acheter des bonbons, ou un petit café où vous preniez des verres avec des amis et qui n'est plus. À la place, un champ de céréales, un lotissement, un immeuble... ou même rien. Il est alors peu probable que vous n'éprouviez aucun sentiment particulier devant ce vide, cette perte. Vont subitement remonter des souvenirs et des bonheurs lointains que vous ne pourrez plus rattacher à ce lieu physique, puisqu'il a disparu. Si ces lieux étaient demeurés intacts, vous éprouveriez simplement de la nostalgie. Mais ils ont été bouleversés, balayés, et c'est la solastalgie qui vous envahit. Quand le pays nous *quitte*, nous éprouvons ce sentiment de vide qui nous rend tristes.

Il est possible que les naturalistes éprouvent ce sentiment avec plus d'acuité encore. Pourquoi ? Je me l'explique à partir de mon expérience propre : bien souvent, notre connaissance du vivant qui compose l'environnement quotidien est supérieure à celle de la moyenne des autres humains. D'un lieu qui nous est cher, tout un chacun a une *vision paysagère*, c'est-à-dire que l'on associe le lieu et sa configuration, son apparence, à nos souvenirs. Or, le naturaliste a enrichi sa connaissance du lieu de sa dimension biodiversitaire : des hirondelles qui nichent sous la gouttière d'un toit, un parterre d'orchidées sur un coteau calcaire, des papillons de sous-bois particuliers, la présence régulière d'une hermine en bordure de chemin, un boisement de telle essence, un marais avec telle diversité animale et végétale, etc. Autant d'éléments concrets qui ont forgé l'intérêt du site aux yeux du naturaliste et, surtout, qui lui ont donné une valeur en matière de biodiversité et de patrimoine naturel (ce sont également des indicateurs de la santé d'un milieu naturel). Si le naturaliste côtoie régulièrement ce lieu qui lui plaît, il va constater, hélas, que le nombre d'espèces qui le peuplent se réduit continûment. Le choc sera plus fort s'il n'est pas revenu depuis des années. Il se peut alors que, d'un point de vue paysager (c'est-à-dire selon la vision classique de tout un chacun), les choses n'aient pas beaucoup changé, que les prairies soient encore là, comme la forêt ou l'étang. Les couleurs (brune, bleue, verte) sont toujours à portée de regard... Mais les hirondelles, les orchidées, les papillons, l'hermine et d'autres encore, ont disparu. Quand les pertes sont devenues très importantes, le naturaliste se trouve alors devant un théâtre sans acteurs. C'est un moment difficile – que cette disparition ait été découverte au fil des années ou subitement, après une longue absence. J'appelle cela l'*écologie du vide*[1]. Il y a le goût de la nature, sans le vivant. L'œil reste peut-être encore séduit par la beauté des paysages, mais, à y regarder de près, ceux qui les animent habituellement ne sont plus là.

Le risque est aujourd'hui de faire croire aux gens qu'il existe une nature qui se passerait du vivant. Les affiches sur les murs des métros ou sur les autobus vantent ainsi de belles régions françaises où passer ses vacances, en orientant le regard du passant sur leurs seuls paysages. Une fois sur place, il n'est pas certain que le même passant s'étonne de l'absence de fleurs, d'insectes ou d'oiseaux. L'essentiel est le décor du théâtre, pas les acteurs. Celui qui a une culture du vivant (naturaliste, paysan, tous ceux qui travaillent au contact de la nature) possède sans doute les outils pour lire aisément l'évolution de son environnement du point de vue de sa composition spécifique et de l'importance que celle-ci peut avoir. Mais la plupart d'entre nous ne sont pas à même de prendre la mesure de la rapidité du changement opéré. Nous verrons, au chapitre suivant, quels impacts cela peut avoir dans la compréhension du phénomène de perte du vivant et de la difficulté qu'il y a à l'appréhender.

Jusqu'à il y a peu, une grande partie du vivant a été sous-estimée. Longtemps, les naturalistes ont été considérés comme de doux rêveurs un peu marginaux, qui

1. *Ibid.*

n'avaient d'autres occupations que de s'intéresser « aux p'tits oiseaux et aux p'tites fleurs ». Au-delà de l'amusement pour ces naïfs ou ces rêveurs, il y avait même parfois un peu de condescendance. Souvent, j'ai pu lire sur les visages de certains interlocuteurs un petit sourire amusé lorsque je leur disais que j'étais ornithologue. Comment pouvait-on s'intéresser aux oiseaux dans un monde où il y avait tellement plus palpitant à faire ? Et je n'ai pas trouvé ces incrédules que parmi les citadins ou les gens qui n'avaient que peu de liens avec la nature. Chez les paysans aussi, il fut un temps, pas si lointain, où tout ce qui pouvait perturber la trajectoire du progrès et du rendement était banni : renards, blaireaux, petits carnivores, corbeaux, pigeons, rapaces diurnes et nocturnes, tout ça était « nuisible », à détruire sans pitié. Il fallait une nature propre, vidée de ces malfaisants, sans concurrence possible. De toute façon, ces bêtes-là, il y en avait trop. Souvent chasseurs, les paysans mettaient en pratique leur discours. Si bien que, jusqu'à des temps pas si éloignés que ça, la minorité campagnarde qui portait ce discours n'avait en face d'elle que des naturalistes en plus faible nombre encore, sous l'œil indifférent de la majorité, qui ignorait au fond la réalité du problème. Que l'on ajoute à cela l'usage débridé des produits phytosanitaires, les politiques longtemps à la manœuvre de remembrement et de drainage, la surexploitation et l'artificialisation des sols, et l'on a sous nos yeux le mélange explosif qui a conduit, au fil des décennies, à cette perte considérable du vivant.

Sans dresser un inventaire complet et trop déprimant, quelques chiffres :

En trente ans, nous avons perdu 30 % des populations d'oiseaux en France.

Parmi les espèces d'oiseaux, 32 % sont actuellement menacées de disparition.

Ce chiffre est de 24 % pour les reptiles.

Et de 23 % pour les amphibiens (crapauds, grenouilles, tritons, etc.).

De 19 % pour les poissons d'eau douce.

De 14 % pour les mammifères.

De 13 % pour les requins et les raies.

De 8 % pour la flore dite « vasculaire » (des fougères aux arbres, en passant par les fleurs et les graminées).

De 6 % pour les papillons...

En Europe, dans un pays comme l'Allemagne, on estime à 80 % la perte des insectes[1]. À l'échelle mondiale, 68 % des populations de vertébrés (mammifères, poissons, oiseaux, reptiles et amphibiens) ont disparu entre 1970 et 2016, soit en moins de cinquante ans. 85 % des zones humides ont été détruites et 15 milliards d'arbres sont, chaque année, abattus dans le monde. On pourrait continuer cette litanie qui donne le vertige (et la nausée). En un demi-siècle tout cela s'est produit sans que la plupart d'entre nous en aient conscience. Et ceux qui en avaient conscience ont parfois préféré ne pas réagir,

1. Voit-on encore beaucoup d'insectes sur le pare-brise ou la calandre de notre voiture après un long voyage, comme on en voyait voici vingt ans ?

laisser œuvrer l'amnésie. Sans doute a-t-on aussi cru à un pouvoir régénérant infini de notre planète, capable d'une résilience sans bornes face aux agressions infligées par l'homme. Si cette résilience est en effet importante, elle trouve ses limites face à la quantité de coups que la terre reçoit sans cesse Aussi, le réveil qui semble se produire depuis quelques années est-il d'autant plus douloureux. Dans le même temps, les sentinelles, les passeurs de savoir et les lanceurs d'alerte se sont époumonés à crier au danger sans être entendus par leurs congénères ! En 1992, à la Conférence des Nations unies sur l'environnement et le développement qui se tenait à Rio, au Brésil, certains scientifiques s'alarmaient déjà et clamaient qu'il restait dix ans pour sauver la planète. Peut-être cette proclamation était-elle un peu pessimiste, mais elle est devenue, plus de trente ans après, parfaitement d'actualité.

Et nous voici aujourd'hui devant une nature exsangue, malmenée depuis longtemps, qui s'essouffle chaque jour un peu plus et menace de ne plus avoir la capacité de fournir aux hommes les biens et services qui lui sont vitalement nécessaires. Même sur la planèze de Saint-Flour, cette haute terre d'Auvergne, rugueuse et arc-boutée face aux éléments, la nature montre aussi des signes d'épuisement. Au printemps, l'herbe est drue, mais on voit de moins en moins de tapis de narcisses odorants annonçant la douceur de juin. Bruants, pies-grièches et tariers ne chantent plus guère sur les murs de pierres sèches, lesquels ont pour beaucoup disparu. Sur certaines routes, les tracteurs sont tellement gros et surdimensionnés par rapport à la voie que l'on est obligé de se mettre dans le fossé pour les laisser passer ! Les chasseurs se plaignent de la disparition du gibier, notamment des perdrix, et sont obligés de relâcher des oiseaux d'élevage, qui ne survivent que rarement à l'ouverture...

Mais que cela soit ici en Auvergne ou partout ailleurs, il est souvent difficile de faire la part entre la nostalgie et une réelle solastalgie. Bien sûr, chacun d'entre nous peut regretter le temps passé et son cortège de souvenirs que le temps présent fait renaître. Ça, c'est la nostalgie. Un sentiment simple, concret dans les faits mais abstrait dans ses conséquences. En interrogeant quelques paysans de la planèze, mais aussi des personnes de mon entourage qui n'ont pas forcément de sensibilité particulière à la nature, je constate qu'il faut un peu pousser les gens dans leurs retranchements pour qu'émergent alors des souvenirs liés à leur environnement naturel. L'amnésie a fait son travail, mais elle n'est pas irréversible. Il suffit de stimuler sa mémoire pour que remontent à la surface des souvenirs qui lui sont liés. Il y a même une espèce de distance fataliste qui se crée entre ces temps anciens et le présent. Oui, c'était bien avant, mais aujourd'hui, c'est comme ça, on n'y peut rien (et c'est trop tard, ajouterait Denise). Comme si le cheminement de la pensée (et son cortège de sentiments) s'arrêtait au factuel du moment présent. Nous avons dit précédemment que ceux qui avaient un rapport particulier et intime à la nature, ceux qui l'étudiaient, étaient sans doute plus sensibles à ces changements, en éprouvaient avec plus d'acuité les conséquences. Nous allons voir dans le chapitre suivant comment la non-prise en compte de la perte du vivant par chacun de nous peut faire le lit de contrecoups plus douloureux encore, que l'on regroupe souvent sous le terme d'éco-anxiété.

V

De l'éco-anxiété à la rébellion ?

La question peut sembler dérisoire, mais je me suis souvent demandé si Denise était une éco-anxieuse ? J'ai tendance à penser que non ; c'est une éco-fataliste. J'en ai même discuté avec elle (car elle se tient informée des événements du monde) : « À mon âge, me dit-elle, ce n'est plus le moment d'être inquiète, mais je serais plus jeune, oui, je serais anxieuse ! » Et d'ajouter : « Tout ça, ça marque mal ; ce n'est pas du beau qui arrive. » Terminant notre échange par : « C'était écrit dans la Bible, que ce serait la fin du monde par l'eau et le feu ! Regarde donc ce qu'il se passe : des incendies et des inondations ! » Évidemment, ce que dit Denise a un sens, même si l'on peut s'interroger sur la fiabilité de ses sources (et leurs significations). Elle est éco-fataliste, mais sans doute également effondriste. D'ailleurs, lorsque je lui parle du terme, de sa signification et de ses conséquences, elle acquiesce bien volontiers. On a beaucoup parlé dans les médias, au cours de ces dernières années, de l'effondrement, et de l'*effondrisme*. On a aussi beaucoup employé le terme plus connu de collapsologie[1]. Ce qui, pour le dire très vite, désigne l'acceptation de la possibilité d'un effondrement, le fait de s'y préparer avec fatalisme, avec la conscience, pour reprendre le mot de Paul Valéry, que les civilisations sont mortelles. Même si, depuis 2020, la crise de la Covid-19 a fait passer cette inquiétude un peu en arrière-plan et que depuis que celle-ci semble s'éloigner (durablement ?), les événements autour de différentes guerres et l'augmentation drastique du coût de la vie l'y maintiennent.

Que nous réserve demain ? Il ne se passe désormais plus un mois sans que, en France, en Europe ou ailleurs dans le monde, un événement météorologique ou climatique nous rappelle à quel point la planète subit de plein fouet les conséquences de ce dérèglement, dont l'origine humaine (anthropique) ne fait désormais plus l'ombre d'un doute – sauf chez les négationnistes obtus, aussi dangereux qu'incultes. Il n'empêche que, pour tout être normalement constitué et à même de réfléchir un tant soit peu à son propre avenir (proche) mais aussi à celui de ses enfants[2],

1. Servigne P., Stevens R. et Chapelle G., *Une autre fin du monde est possible. Vivre l'effondrement (et pas seulement y survivre)*, Seuil, « Anthropocène », 2018.
2. Sans parler de celui de ses petits-enfants, mais là, cela devient trop compliqué. *Homo sapiens* a une difficulté majeure : celle de penser au-delà de sa propre espérance de vie. Donc penser à ce qu'endureront les bébés d'aujourd'hui en 2090 est au-delà de ses schémas de réflexion classiques.

la situation de la santé planétaire est loin d'être brillante. Comment réagit-on alors ? Le psychologue Pierre-Éric Sutter a défini quatre catégories dans lesquelles ranger les personnes qui ont un rapport particulier à cette problématique de l'effondrement[1] :

- Les *pessimistes passifs* : pour eux, tout est perdu, ils n'ont de prise sur rien, il ne reste plus qu'à attendre que les événements se déroulent, inéluctablement. Ils représentent plus de 26 % des personnes interrogées.
- Les *pessimistes actifs* (20 %) : ils ne peuvent se résoudre à la passivité et vont faire face, en se débrouillant seuls ou en petits groupes. On retrouve parmi eux les survivalistes.
- Les *optimismes passifs* : ce groupe (24 %) pense que l'homme trouvera toujours une solution aux problèmes, qui touchent aussi bien au réchauffement climatique qu'à la perte de biodiversité. Quitte à installer de grands pare-soleil au-dessus de la Terre, à manger une nourriture à base de pétrole ou à s'exiler sur une exoplanète. Ils entretiennent une forme de croyance qui leur permet de repousser l'action à plus tard, ou d'en laisser la responsabilité à d'autres.
- Les *optimistes actifs* : ce dernier groupe, légèrement majoritaire (près de 30 %), se prépare concrètement

1. Résultats de l'édition 2020 de l'Observatoire des vécus du collapse (OBVECO).

et moralement à un effondrement éventuel, en devenant le plus autonome possible en matière d'alimentation, d'énergie ou de transport, dans une démarche d'entraide collective et bienveillante.

Précisons que, selon nos sensibilités, mais aussi nos caractères, notre milieu social, notre profession, nos convictions personnelles, notre religion, notre mode de vie, le regard que nous portons sur l'avenir du monde sera différent. Ce que l'on peut retenir néanmoins, c'est qu'une (courte) majorité de personnes interrogées sont prêtes à affronter un possible effondrement mais s'y préparent de façon active en essayant, par leur comportement et leurs actes quotidiens, de faire en sorte que la chute soit la moins haute possible. Après tout, Noé – pour faire plaisir à Denise en citant la Bible – a bien sauvé les représentants de chaque espèce animale en les embarquant sur son bateau !

Encore faut-il ici préciser une chose importante : le sentiment de fin de cycle, d'effondrement, de collapse – appelons-le comme on veut –, ne touche pas tout le monde, loin de là. Pour beaucoup, cette notion reste abstraite, absente de leur quotidien, voire elle n'est qu'une *fake news* véhiculée par une frange d'« écolos » radicaux. Cet avenir est trop sombre pour que l'on s'y arrête longtemps : mieux vaut jouir de l'instant présent que de s'encombrer de scénarios futurs, conjecturels, et qui n'apportent que des soucis venant se surajouter à ceux du quotidien. Pour d'autres, on ne peut rien changer à notre modeste échelle, même s'ils reconnaissent tout à la fois qu'il faudrait changer beaucoup de choses dans notre quotidien. Tous ont un point commun : une peur panique d'avoir à bousculer leur mode de vie, de devoir quitter leur cocon douillet, consumériste et immédiat, dans lequel nous sommes à présent quasiment tous enfermés depuis quelques décennies.

Quand je discute avec certains paysans d'Auvergne, beaucoup me disent que l'on trouvera bien des moyens pour améliorer les choses (et, surtout, que ça n'impacte pas leur quotidien à eux et leur mode de production !). La perte du vivant, ils n'y croient guère, bercés dans l'idée, portée par la religion, que l'homme dominera toujours la nature (même si elle se rebelle) et que tel le tonneau des Danaïdes, la terre donnera toujours ce qu'on lui demande de produire.

Denise ne croit pas à ça. C'est une pessimiste notoire ; pour elle, on a trop tiré sur les ressources. On en paiera tôt ou tard le prix fort et « Ça fera bien ce que ça voudra, tiens ! », lance-t-elle en guise de conclusion éco-fataliste. À 96 ans passés, c'est vrai que l'on peut se permettre ce type de point de vue, un peu désabusé, et qui laisse en suspens le fait de savoir qui, de la Terre ou de l'homme, aura le dernier mot. Mais ce propos, paradoxalement, rejoint fortement celui de jeunes trentenaires militants écologistes, naturalistes, chercheurs en université qui, de près ou de loin, travaillent sur l'impact du changement global sur les écosystèmes, les espèces, les ressources naturelles et les populations humaines. Les conclusions auxquelles ils aboutissent – que ce soit empiriquement et sur le temps long dans le cas de Denise, ou par des méthodologies de recherche robustes et sur un laps de temps plus court dans le cas des jeunes chercheurs – sont assez similaires.

Nous l'avons dit : parce qu'ils sont plus intensément à son contact, les naturalistes et les scientifiques sont davantage au fait de l'état de santé réel de la Terre. Il me semble par ailleurs que l'éco-anxiété qui se manifeste chez un certain nombre d'entre eux est en quelque sorte pondérée par un travail autour de la solastalgie qui les aide à ne pas sombrer trop fortement dans cette éco-anxiété. Je m'explique avec un exemple : pas mal de naturalistes (amateurs ou professionnels) ont modifié leur trajectoire professionnelle et ont quitté pour certains le monde associatif, pour d'autres un laboratoire de recherche, pour se lancer dans l'agriculture. Pas n'importe laquelle, évidemment : une agriculture respectueuse de la nature, en communion avec elle, avec des méthodes douces (bio) ou vertueuses (circuit court, etc.) et, ce qui n'est pas le moindre des atouts, une connaissance de terrain et un savoir-faire en gestion d'entreprise acquis au cours d'études plus ou moins longues (certains de ces paysans sont ingénieurs agronomes ou agricoles de formation), qui leur donnent une maîtrise importante dans la gestion de leurs terres. Ils ont ainsi appris à produire bien, de façon moderne, en harmonie avec le milieu naturel et en respectant ses équilibres et sa capacité de résilience – ce qui n'est pas une lubie d'écolo baba. Ce n'est pas l'objet de ce livre que de développer cette façon de faire[1], mais comme me l'a dit l'un d'entre eux : « L'avantage de créer un modèle de vie qui ne soit pas celui qui est imposé nous permettra, si effondrement il y a, de tomber de moins haut et d'être plus autonome que les autres. » J'ajoute, non comme paysan mais comme écologue et naturaliste, que la prise de conscience de ma propre amnésie et mes expériences solastalgiques m'ont permis, au fil de ces années récentes, d'être plus résilient quant à l'avenir probable de la planète. Car une chose est certaine : ceux qui n'ont pas été au contact de ces pertes constantes seront le moment venu fortement impactés par les conséquences d'un effondrement possible, n'en n'ayant pas vu, ou pas perçu, les prémices. Et l'éco-anxiété qui gagne chez les jeunes touche d'abord ceux qui ont été sevrés de contacts réguliers avec la nature[2]. Cette anxiété peut alors être considérée comme un sentiment abstrait, mal cerné, car non relié à des preuves quotidiennes et visuelles tangibles. Ainsi, le réchauffement climatique lié aux gaz à effet de serre peut apparaître assez conceptuel dans le sens où le gaz carbonique, par exemple, n'ayant ni odeur ni couleur, ni d'effet visible sur l'organisme (comme des taches sur la peau, par

1. Voir à ce propos Dulac P. et Signoret F., *Paysans de nature. Réconcilier l'agriculture et la vie sauvage*, Delachaux et Niestlé, 2018.
2. Voir par exemple Dageville E., « L'éco-anxiété chez les jeunes. 20 ans pour la solidarité », 2022. www.pourlasolidarite.eu/sites/default/files/publications/files/ed_2022_leco-anxiete_chez_les_jeunes_4.pdf.

exemple !), ne demeure qu'un danger virtuel. De plus, la vie citadine, coupée de l'environnement naturel, ne permet pas de concevoir clairement le fonctionnement des écosystèmes, les risques qu'ils courent, voire leur dépérissement ou leur perte de diversité spécifique.

Même ceux qui vivent en milieu rural ou péri-urbain n'ont pas forcément le regard porté sur leur environnement immédiat. Mais davantage sur les réseaux sociaux ou les images que véhiculent les médias, dans leur brutalité et sans forcément d'explication permettant la compréhension de certains phénomènes (climatiques, environnementaux, etc.). Tout cela concourt à l'édification d'un monde anxiogène, qui l'est d'autant plus que la mécompréhension de ses rouages et des interactions qui le constituent est grande. Il suffit de regarder ou d'écouter les « informations » qui rendent compte d'un événement environnemental : elles restent le plus souvent factuelles, sans analyse des causes et des conséquences de l'événement en question sur notre quotidien.

Ce cheminement vers l'éco-anxiété peut être assimilé au travail de deuil tel que la psychiatre suisse Elisabeth Kübler-Ross le définit[1], en cinq étapes (qui sont le déni, la colère, le marchandage, la dépression et l'acceptation), même si cette vision du deuil ne fait pas l'unanimité au sein de la communauté scientifique, notamment parce que chacun ne passe pas nécessairement par toutes ces étapes.

1. Kübler-Ross E., *Les Derniers Instants de la vie*, Labor et Fides, 1975.

La première, le déni, est une attitude qui a été largement adoptée au moment où le dérèglement climatique et ses conséquences sont devenus un sujet d'actualité (dans les années 2010) : en 2013, on comptait 35 % de Français climatosceptiques, selon le Commissariat général au développement durable (CGDD). C'est probablement moins aujourd'hui[1], même si le « dénialisme » connaît un certain regain, notamment sur X (ex-Twitter)[2]. Ce déni, cette défiance à l'égard d'une information finalement dérangeante relève de la dissonance cognitive. Nous maintenons une cohérence dans nos croyances et dans nos actes pour ne pas nous mettre psychiquement en danger. Et lorsque cette dissonance est trop grande, nous concevons des réactions de négation, de rejet, voire d'évitement et finalement d'oubli. Concrètement, un sondé climatosceptique sur deux, selon le sondage précité, ne prend pas la mesure du défi qui l'attend.

L'une des raisons majeures est que ce défi est tellement lourd à porter pour chacun d'entre nous, que nous sommes tellement enfermés dans notre cocon quotidien, que l'idée d'en sortir et de bousculer nos habitudes nous paralyse. Bouleverser notre vie est insupportable. À cela s'ajoute le fait que l'homme est ainsi fait qu'il n'arrive pas à se projeter au-delà de sa propre

1. Selon un sondage d'Opinion Way réalisé en avril 2022, 21 % des Français seraient aujourd'hui climatosceptiques.
2. Voir https://iscpif.fr/climatoscope/?p=72.

existence. Au mieux peut-il s'efforcer de se figurer le futur de ses enfants (voire de ses petits-enfants). Mais qui s'inquiète de ce que sera la vie des hommes sur Terre dans un siècle ? Alors, sciemment ou non, certains finissent par dire « Après moi, le déluge », phrase biblique qui pourrait s'avérer d'une cruelle actualité...

Nous ne passerons pas en revue les cinq stades décrits par Kübler-Ross pour les raisons précédemment énoncées, mais arrêtons-nous sur la colère et la dépression. Chez beaucoup de personnes, le déni n'est plus. C'est en effet la colère qui domine, avec son cortège d'actions radicales. Les événements de Notre-Dame-des-Landes (aéroport) et de Sainte-Soline (mégabassines), pour n'en citer que deux particulièrement médiatiques, en sont de vrais exemples. Ces mouvements, souvent initiés par les plus jeunes, sont même souvent qualifiés d'écoterroristes – ce qui est juste une imbécillité. En quoi s'enchaîner à une grille d'usine ou à un tronc d'arbre est du terrorisme ? Incendier un fourgon de police est un délit, mais pas du terrorisme. Cette radicalité, cette désobéissance sont simplement les signes extérieurs de cette colère. De ceux qui n'en peuvent plus des discours lénifiants, des réunions internationales qui ne débouchent que sur de bonnes paroles et rien de véritablement concret. Il y a un moment où les manifestations, les pétitions, les associations n'ont plus aucun poids sur le message à faire passer et, surtout, sur ceux à qui il est destiné. Alors il faut monter d'un cran, surtout quand il s'agit, au fond, de la survie même de notre espèce. A-t-on, un seul instant, traité les résistants de la Seconde Guerre mondiale de terroristes ? Il serait judicieux que nos gouvernants évitent de tels parallèles.

Alors oui, la colère est là, grandissante, peut-être parfois excessive, mais de plus en plus nécessaire, car il faut qu'enfin elle se fasse entendre. Elle doit être universelle. Ne pas être uniquement inféodée aux pays nantis et occidentaux. Certes, l'on voit poindre dans certains pays comme le Brésil, l'Indonésie ou dans la ceinture équatoriale de l'Afrique, des mouvements de rébellion. Mais ce mouvement demeure très marginal. Et quasi absent chez les plus de 35 ans. Souvent caricaturé dans les médias, il fait peur au commun des mortels. Relayées par un discours politique mou qui nous parle de « sobriété mesurée » ou de « transition écologique à petits pas », les actions radicales sont vues dès lors par la plupart des gens comme contraires à la bonne marche vers cette transition, que l'on inscrit par ailleurs dans un « développement durable » qui ne veut rien dire[1]. Pour le moment, ces mouvements rebelles n'ont pas encore reçu l'assentiment du public et demeurent aux marges de la société. Comme ce fut le cas dans les années 1970 ou 1980, même si les actions écologiques de cette époque ont eu, paradoxalement et en ces temps

1. Qui dit développement (industriel, commercial) dit croissance, et qui dit durable dit « qui ne doit pas s'arrêter ». Ou comment renverser un concept à des fins de pure communication...

où l'écologie n'avait pas l'importance qu'elle aura plus tard, des résultats plus tangibles (Larzac, Plogoff, etc.).

En revanche, il est aujourd'hui assez clair qu'après le déni s'est installée l'inquiétude chez les citoyens d'une bonne partie de la planète. Face aux événements climatiques de plus en plus violents, nous sommes au pied du mur. Alors notre « cerveau émotionnel »[1] s'enclenche et la posture du déni s'effondre. La confrontation à la réalité environnementale déclenche la peur ou, à tout le moins, l'inquiétude. On se met à s'informer soi-même, on écoute (et non plus on entend) ce que la science et les faits ont à nous dire. C'est là que peut naître le sentiment d'éco-anxiété, aujourd'hui beaucoup plus fort chez les jeunes que chez les aînés (et pour cause : l'avenir, c'est pour eux...). Mais il faudra une série de canicules et de sécheresses particulièrement sévères, des inondations mortelles, des épidémies, et que même disparaissent les pommes faute d'abeilles pour que, acculés, nous commencions à prendre notre destin en mains.

C'est dans cette période extrêmement délicate, entre résilience et résignation, action et effondrement, que nous nous trouvons aujourd'hui. Avec le sentiment que la situation nous dépasse et que les décideurs ne l'entendent pas. C'est bien pourquoi s'entremêlent des sentiments de peur et de colère, mais aussi de dépression, et avec elle l'éco-anxiété souvent évoquée. S'ajoute un

1. Il n'existe pas réellement de « cerveau émotionnel », mais un ensemble de structures cérébrales qui commandent nos émotions.

sentiment d'impuissance, face à un défi qui nous dépasse tellement que nous ne savons comment l'aborder, seul ou à plusieurs. Et puis, ne nous le cachons pas, pour nous, Occidentaux, l'idée même de renoncer à une partie de ce qui fait la douceur du quotidien nous est insupportable. En théorie, oui, nous sommes prêts à faire beaucoup d'efforts, mais dans la pratique, nous butons rapidement sur les premiers cailloux de renonciation ou de sobriété qui s'imposent à nous. Tout cela est entretenu par la vision capitalistique du monde, aux mains des décideurs, dont la seule ligne d'horizon est la croissance et le productivisme nécessaires pour satisfaire les ambitions sans limites des actionnaires des grandes entreprises. C'est sûrement un poncif de le dire, mais la réalité est là : sans une autre vision de la gestion de notre planète, nous ne pourrons jamais envisager un monde différent.

Si l'éco-anxiété est un mal qui monte en puissance[1], cette prise de conscience du danger (et cette peur) ne s'accompagne malheureusement pas toujours d'actions concrètes pour changer de paradigme. L'implication d'un certain nombre de personnes (notamment les jeunes) dans des mouvements citoyens autour de l'environnement, du nucléaire, de l'agriculture, etc., montre toutefois qu'un frémissement se profile. Une fois encore, il doit être (en partie) radical, sinon il ne sera pas entendu.

1. Observatoire de l'éco-anxiété, 23 mai 2023. https://youmatter.world/fr/eco-anxiete-chiffres-etat-lieux-france-2023/.

Mais il faut aussi que le pouvoir politique cesse de tuer dans l'œuf ce type d'action, comme il le fait avec certains mouvements, en brandissant le « risque d'atteinte à la sûreté de l'État » ! À y regarder de près, on a la sensation d'être dans un cercle vicieux ou un labyrinthe dont nulle issue ne semble à portée. C'est pourquoi l'éco-anxiété peut conduire à l'effondrisme, c'est-à-dire au sentiment qu'il n'y a plus rien à faire, que c'est trop tard, que le processus est désormais irréversible. Tel est l'univers de la collapsologie[1]. Nous verrons plus loin que nous pourrions pourtant encore changer les choses...

---

1. Voir notamment Servigne P., Stevens R. et Chapelle G., *Une autre fin du monde est possible. Vivre l'effondrement (et pas seulement y survivre)*, *op. cit*.

VI

Une pensée pour les « cousins » de Denise en... Mongolie

En ce soir d'hiver, alors qu'une brume épaisse commence à recouvrir le village déjà endormi, je discute avec Denise de sa jeunesse et de la façon dont elle travaillait aux champs. En l'écoutant me reviennent des souvenirs des quelques voyages que j'ai pu faire en Mongolie et des rencontres heureuses avec les nomades de la steppe. La Mongolie, je n'ai pas la prétention de bien la connaître, mais je l'ai suffisamment parcourue pour y avoir appris en regardant (et aussi en discutant avec mon ami Terbish). Dans la façon dont les nomades gèrent leur territoire, j'ai pu observer un certain nombre de traits communs avec ce que fut la vie paysanne française. Rapprochement incertain, voire iconoclaste, j'en conviens, mais cohérent.

D'abord il faut se garder de prendre au pied de la lettre les clichés que l'on colporte sur les dépliants touristiques concernant les Mongols. Steppe à l'infini, yourtes isolées, troupeaux immenses de chevaux, moutons, chèvres, chameaux et vaches, paysages grandioses, etc. Cette image n'est pas tout à fait juste. Oui, lorsque l'on est dans la steppe, c'est bien ce qui attire l'œil en premier. En cela, la photo ne ment pas. Mais plus de 40 % de la population mongole vit à Oulan-Bator et dans sa banlieue, où règne une pauvreté visible partout. Beaucoup de nomades ont rejoint la ville, tentant de s'y sédentariser, pour y vivre finalement de façon assez misérable. Pour un pays d'un peu plus de 3,3 millions d'habitants et considérant que les quelques autres « grandes » villes du pays hébergent aussi une population non négligeable, cela fait finalement assez peu de nomades qui arpentent la steppe s'étendant sur un pays trois fois grand comme la France...

Par ailleurs, le système pastoral a beaucoup évolué. Avant l'avènement du bloc communiste, dans les années 1920, la Mongolie vit sous un régime féodal. Les éleveurs sont obligés d'avoir de grands parcours pour leur bétail, car l'infrastructure (puits, abris) est inexistante. Durant le régime communiste, la création de ces infrastructures, doublée d'une collectivisation de la production, conduit à une réduction de la taille des parcours dans la steppe et à une certaine concentration du cheptel. La période post-communiste, à partir de 1991, voit au contraire une libéralisation du système. Mais face à une concurrence internationale importante et avec la fin d'un commerce intense avec l'ex-URSS, les éleveurs se voient dans l'obligation d'accroître leur cheptel pour se prémunir davantage de la mortalité hivernale et augmenter leurs revenus. Cela est particulièrement vrai pour les chèvres, qui produisent le cachemire, dont la demande est croissante. Cette pratique entraîne un dépassement de la capacité en charge pastorale des parcours utilisés pour le bétail et donc, au final, un surpâturage, néfaste à la steppe elle-même. La concentration des animaux et le fait que les troupeaux aillent moins en montagne l'été que par le passé conduisent à un appauvrissement considérable de la végétation, laquelle, trop broutée, n'a pas le temps de se régénérer. À cela s'ajoute, enfin, une désertification de la steppe, liée en partie au réchauffement climatique, mais aussi au fait que la végétation ne soit plus assez haute pour résister aux assauts du sable.

Cette parenthèse refermée, il n'en demeure pas moins que les éleveurs nomades de Mongolie possèdent une vision de leur environnement, et font montre d'un certain respect de la nature, et notamment d'un sens encore aigu de la façon de gérer certaines ressources (comme l'eau) ou de les utiliser (les yourtes disposent aujourd'hui de panneaux solaires qui apportent l'énergie nécessaire au foyer), qui conduisent à une économie quotidienne plutôt sobre. Même si, en les interrogeant, on voit cependant que les choses, là encore, ont changé au cours des deux dernières décennies, avec l'augmentation du cheptel pour permettre une amélioration des revenus et une diminution des parcours dans la steppe, notamment en été (pourtant nécessaires à la survie du cheptel). En conduisant en hiver leurs troupeaux vers la moyenne montagne, les éleveurs sont paradoxalement mieux protégés des accidents climatiques hivernaux (froid, neige, vent) que lorsqu'ils restent en plaine.

Tandis que j'écoute Denise me parler de la façon dont ses parents travaillaient la terre et en prenaient soin voilà bientôt un siècle, j'entends en écho les vieux Mongols nous parler de l'élevage des chevaux, de la façon dont ils parcouraient autrefois la steppe en faisant attention à ne pas trop prélever sur la végétation, en choisissant les lieux en fonction des saisons... Dans les deux cas, le progrès technique, la recherche de rendement supérieur, la nécessité de répondre à une demande externe (par exemple de cachemire mongol, versus de viandes et fromages auvergnats) ont profondément modifié la façon de gérer l'environnement naturel. Mais, on s'en doute, cela a été beaucoup plus rapide et radical en France et en Occident qu'en Mongolie. Si bien qu'en observant les nomades mongols, j'ai toutefois l'impression qu'ils restent plus proches de ce que furent nos aïeux paysans que de la plupart de ceux qui cultivent la terre aujourd'hui. Notamment dans leur rapport à la nature, leur comportement vis-à-vis du vivant[1], toujours teinté de bouddhisme et de chamanisme.

Le grand souci des Occidentaux, c'est la perte de leur rapport primitif à la nature. En ce sens que beaucoup d'entre nous la voient comme un décor, un lieu de repos ou de loisirs, quelque chose qui se situe *à côté* de notre monde quotidien. Pour certains, c'est même un immense parc d'attractions. Ce qui entraîne une déconnexion évidente entre ce que la nature produit, ce côté indispensable pour notre vie et notre vision, urbaine et occidentale (mais de plus en plus mondialisée) de cette nature qui ne serait qu'un immense garde-manger, un lieu accessoire et inépuisable.

On pourrait imaginer que les agriculteurs et les paysans en ont une vision plus concrète. Sans doute en partie, mais dans la vision productiviste de l'agriculture telle qu'elle est développée dans un nombre croissant de pays, la nature est un outil et pas grand-chose d'autre. Les agriculteurs européens, nord-américains et d'un grand nombre de pays ont à leur tour, et comme les urbains, une approche purement économique des terres où ils vivent. On dirait que la biodiversité est non seulement *res nullus*, mais qu'en plus elle est parfois leur ennemi. Tout ce qui peut faire obstacle à une production intense et « propre » doit être éliminé. Les termes de « ravageurs », « nuisibles », « mauvaises herbes » montrent combien

1. Même s'ils restent parfois de redoutables chasseurs de loups ou de marmottes.

certains pans de cette biodiversité sont vus comme des rivaux à la bonne marche des pratiques agricoles.

Il existe toutefois des lieux dans le monde où se maintiennent une solidarité entre paysans et un certain respect vis-à-vis de la nature (ce qui n'empêche pas, évidemment, un prélèvement sur les ressources). Mais le rapport à la nature y est différent de celui que l'on trouve en Occident. Sans doute parce que les conditions de vie y sont plus difficiles, que la nature y est à la fois vue comme amie et ennemie, qu'il faut savoir composer avec elle, prélever le nécessaire, en évitant (si possible) le superflu pour ne pas déséquilibrer l'ensemble. C'est ce que j'ai ressenti parfois en Mongolie, même si le surpâturage évoqué précédemment reste un vrai problème, associé à des conditions climatiques qui ne cessent de se dégrader.

Mais, surtout, je reviens sur le parallèle entre cette approche bienveillante de la nature et ce que fut jusqu'à il y a quelques décennies notre approche, en Occident. C'est un sujet que j'ai abordé avec Denise. Elle a toujours confirmé : « De mon temps, on ne prenait que ce dont on avait besoin. » Certes, on ne vit plus comme l'on vivait au début du XXe siècle, l'agriculture vivrière est terminée. La superficie des terres cultivées par exploitation, le nombre d'animaux sur la ferme, les rendements ne sont plus les mêmes. Mais le vrai problème est sans doute la grande pression qui s'exerce sur le monde agricole aujourd'hui. À présent, les exploitants agricoles sont disséminés dans la campagne, il n'y en a plus que deux ou trois par village (et encore), ce qui a entraîné une perte de solidarité entre eux et un sentiment d'abandon. Les seules aides concrètes, sur le terrain, ce sont, depuis quelques décennies, des techniciens qui viennent apporter une parole chaque fois différente. Denise me l'a souvent dit, les agriculteurs ne se parlent plus comme avant. Autrefois, me confie-t-elle, il y avait toujours un esprit de solidarité. Au moment des moissons, par exemple, tous ne faisaient qu'un. Ma grand-mère me disait la même chose. Tous et toutes ont regretté ensuite cet individualisme (forcé), qui a poussé chaque agriculteur à se replier sur ses terres et à essayer de boucler, par tous les moyens (y compris certains bien peu écologiques, mais en avaient-ils le choix ?) leur budget mensuel ou annuel...

Cependant, en maintenant un certain esprit de solidarité, on aurait probablement pu intensifier la production tout en respectant l'environnement. L'union faisant la force et la diversité aidant aux bonnes décisions, la multiplication des échanges – dans cette période cruciale de mutation agricole et environnementale des années 1960-1990 – aurait peut-être permis cette prise de conscience. Au contraire, le chacun pour soi a contribué à transformer la nature en usine. En oubliant que les biens et les ressources de cette nature ne sont pas inépuisables, même à grand renfort d'engrais et de pesticides. L'agriculture a été emportée avec le vent de la modernité et le capitalisme omniprésent qui se sont imposés à la sortie de la Seconde Guerre mondiale. Alors que, dès cette époque, aurait dû s'opérer une réflexion sur la finitude des ressources, sur les moyens à mettre en place pour maintenir une durabilité sans avoir (trop) recours à l'artificiel. D'emblée, il aurait été nécessaire de découpler la course au productivisme des potentialités réelles (et de ses limites !) de la Terre et des écosystèmes qui constituent la nature. Mais pour cela, il aurait fallu parler, se parler.

Au lieu de cela, à quoi sommes-nous arrivés aujourd'hui ? À une profession exsangue, qui ne croit plus à rien. Qui se radicalise en oubliant sans doute que la terre ne peut donner que ce qu'elle a, ce qui peut être beaucoup si on ne lamine pas ses ressources en permanence. Et si la priorité est bien de nourrir la planète, au moins faut-il considérer que la résilience des écosystèmes a ses limites et qu'à trop tirer dessus la corde va finir par se rompre. Aidée en cela par un climat qui se détériore et qui rend de plus en plus compliquée leur gestion raisonnée. Or, que nous dit-on ? Que les pesticides sont nécessaires, qu'il faut créer des mégabassines pour retenir l'eau, que l'on peut continuer à cultiver du maïs, malgré le fait que la pénurie en eau s'accélère, qu'il y a trop de normes contraignantes (notamment autour de l'emploi des produits phytosanitaires), que l'intensivité est nécessaire car « il faut bien nourrir tout le monde ». C'est sur cette ligne que se trouvent aujourd'hui certains syndicats, les lobbies et l'industrie phytosanitaire qui, tous, ont tout intérêt à ce que rien ne change.

On devrait dire aussi que la santé des sols est passée sous silence alors que ceux-ci s'épuisent d'année en année car trop sollicités ; que la biodiversité, pourtant indispensable à l'agriculture, est mise sous le tapis (toujours au nom du productivisme) ; qu'il y a des productions alternatives moins gourmandes en eau (sorgho, notamment) ; qu'une agriculture paysanne moins intensive et plus respectueuse de l'environnement n'est pas moins efficace.

Alors qui croire ? Qui a tort, qui a raison ? La réalité est aussi la suivante : on perd 10 000 exploitations agricoles par an en France... À ce rythme, il n'y aura plus de fermes dans un demi-siècle. Pourtant, la SAU (surface agricole utile) n'a guère bougé depuis dix ans, mais la taille des exploitations ne cesse de grandir. Ce qui entraîne des investissements importants, un endettement par agriculteur croissant et, finalement, le risque de se retrouver devant un manque de bras. Il faudrait plutôt repenser la pratique agricole dans son ensemble, limiter la superficie des exploitations et inciter surtout les jeunes à se lancer dans une agriculture plus sobre en intrants et en pesticides, davantage reliée à la biodiversité environnante, plus proche des consommateurs (sans oublier les urbains), avec une taille qui soit en lien avec le nombre de personnes y travaillant et de façon à assurer un salaire honnête à chacun d'entre eux.

Une fois encore, quelques chiffres sont nécessaires pour bien comprendre la situation :

En 1955, la France métropolitaine comptait 43 millions d'habitants. À cette époque, on comptait 6,2 millions de personnes actives dans le monde agricole, ce qui représentait 14 % de la population française et 31 % des emplois. On était déjà loin du temps (début du XXe siècle) où plus de la moitié de la population était encore liée à l'agriculture.

En 2000, il y avait 58,8 millions d'habitants en France métropolitaine (+37 %). Le monde agricole dans son ensemble ne représentait plus que 2 % de la population et les actifs liés à ce secteur comptaient 1,3 million de personnes, soit 4,8 % des emplois totaux. C'est-à-dire une perte de 79 % en quarante-cinq ans !

En 2022, la population française métropolitaine était de 65,6 millions d'habitants (+11,6 %), comptant 650 000 agriculteurs et ouvriers agricoles représentant donc 1 % de la population de France métropolitaine et 2 % des actifs – soit une nouvelle baisse de 50 % en... deux décennies !

On a beaucoup parlé de cette diminution, de la condition sociale et psychologique du monde agricole (avec un taux de suicides important), mais on a peu interrogé la relation entre cette « perte de vocation » et le rapport qu'entretiennent les paysans avec le milieu naturel, l'environnement dans lequel ils évoluent. Pire, on l'a souvent caricaturé, considérant que la terre n'était qu'un outil comme un autre, un substrat nécessaire à la production.

Lorsque Denise était jeune, il n'y avait aucune conscience « écologique » pas plus qu'une quelconque conscience de la fragilité des écosystèmes. Mais le mode de vie était le fruit d'une certaine sobriété et d'une adaptation aux conditions changeantes d'un milieu difficile de montagne. Certaines années étaient bonnes et on pouvait produire beaucoup. D'autres étaient médiocres et alors on s'adaptait en produisant moins et en vivant sur des réserves. Les paysans connaissaient parfaitement les limites de leur pratique et celles de leurs terres. La course au rendement n'existait pas. De la même façon, les nomades de Mongolie ont à composer avec les vicissitudes climatiques, mais en connaissent les risques, notamment les impacts sur leur cheptel et les pâturages qu'ils fréquentent (même si le message officiel instillé les pousse à produire plus). Mais ils savent également qu'une pratique intensive de leur activité est ici impossible. Comme elle risque de le devenir sous nos latitudes sous l'effet du réchauffement climatique. C'est pourquoi il serait bienvenu de réfléchir davantage à l'agriculture de demain en France et en Europe plutôt que de continuer à créer des mégabassines et à arroser le maïs en journée en plein été, comme on le voit encore fréquemment. Ou encore de cesser une bonne fois pour toutes l'usage de certains pesticides comme les néonicotinoïdes, dont on connaît depuis le début de leur utilisation, voilà plus de trente ans, les ravages qu'ils font sur les insectes, la plupart essentiels à l'équilibre des milieux naturels (y compris agricoles). Et si la chaîne alimentaire est à ce point affectée par ces usages, comment l'Homme, qui se trouve en haut de la pyramide, ne le serait-il point ? Comme s'il pouvait se prémunir des effets délétères de ces produits alors qu'il partage un patrimoine génétique commun très important avec les autres vertébrés. Au cours des précédentes décennies, les décideurs de la politique agricole, en France comme ailleurs en Europe et dans le monde, ont oublié cette réflexion essentielle.

Alors que, cette fois-ci encore, je m'apprête à la quitter, Denise, visiblement en colère, me dit : « On ne respecte plus rien, pas même la Terre ! Ça me porte peine de voir comment on détruit tout. » Et d'ajouter : « Les jeunes à venir, ils vont crever de faim. Y aura plus personne pour faire la terre. »

Évidemment, ce ne sont pas des paroles d'apaisement, et je sors de cette conversation un peu ébranlé. Denise n'est pas une grande optimiste. Mais quand je compare la nature, en ce matin de début mai, avec celle que j'ai connue dans mon enfance et, surtout, avec celle dont me parle Denise dans sa jeunesse et, plus loin encore, celle de mes ancêtres, je trouve qu'avec ses mots simples, Denise résume bien l'affaire. Il suffit de regarder les prés où l'herbe s'emballe pour voir que les fleurs ne suivent pas. Même pas les pissenlits qui, à cette époque, devraient piqueter de jaune l'étendue verte. Rien, ou presque. Et donc peu d'insectes sur les rares fleurs qui restent en bordure de chemin. Quant aux oiseaux, j'ai peine à trouver un traquet motteux ou un tarier des prés, pourtant assidus aux murs de pierres sèches (disparus pour beaucoup) ou aux endroits humides et frais des prairies (souvent drainées). Et où sont passées les hirondelles et les alouettes ? Est-ce que Denise n'a pas raison lorsque, sur le seuil de la porte, alors que je m'apprête à la quitter, elle ajoute « Té ! on est partis pour la misère ! » ?

Et sur cette phrase définitive, elle fait demi-tour et rentre chez elle. Par la fenêtre éclairée, je vois sa silhouette cahotante retourner à son fourneau, où mijote la soupe.

VII

Pourrions-nous être des Denise ?

Dans les pages précédentes, nous nous sommes surtout intéressés à l'agriculture et à la biodiversité parce que les deux sont indissociables et que la crise que connaît le monde paysan est révélatrice de l'incapacité de notre système à prendre en compte à la fois la production agricole et le respect de l'environnement et à les considérer comme une unité indivisible. Mais ce n'est pas le seul sujet d'inquiétude concernant l'avenir de la planète. On connaît la liste (non exhaustive) : réchauffement climatique et toutes ses conséquences climatiques et météorologiques, pollutions diverses (y compris atmosphériques), surconsommation, guerres, crise alimentaire, crise sanitaire, croissance débridée, capitalisme outrancier, patriarcat omniprésent, religions intolérantes, pauvreté, surpopulation, etc. Oui, la liste donne le tournis et on ne sait plus par quel bout prendre les sujets d'inquiétude.

Il est incroyable de constater que cela fait trente ans que le monde scientifique, comme les associations qui luttent dans les domaines précités, ne cesse de nous avertir des dangers qui menacent la Terre et l'ensemble du vivant. Cela en fait à peine dix que les messages d'appel à l'aide se font davantage entendre. Le mot « biodiversité » est relativement neuf dans notre vocabulaire, comme l'est celui de « résilience » ou (un peu plus ancien pour sa part) celui d'« écologie ». Ce dernier mot a fini par être tellement galvaudé qu'il ne signifie plus grand-chose aujourd'hui et que, pire, il a même une signification négative : écolos, écoterrorisme, sans parler de tout ce qui est aujourd'hui « écologique », c'est-à-dire à peu près tout ce que le monde est capable de fournir en biens consommables. Les entreprises l'ont bien compris, qui nous proposent leurs produits écologiques dans un concert de *greenwashing* invraisemblable.

Cela dit, la fin du monde, le réchauffement climatique et son cortège de catastrophes, les guerres et tout le reste, font que le citoyen lambda, occidental ou issu des pays en voie de développement, a bien du mal à ne pas tomber en dépression devant un aussi noir tableau. Certains lâchent prise en disant « À quoi bon faire des efforts puisque c'est fichu »... Fichu ? Peut-être pas. On peut sauver encore ce qui peut l'être.

Un point qui déjà nécessite que l'on s'y arrête. Si l'on considère le réchauffement climatique, on sait que la machine à faire grimper les températures est bien en route et que le temps de latence pour l'arrêter est particulièrement long. Ce n'est donc pas en une, deux ou cinq décennies que l'on va retrouver les températures d'il y a un demi-siècle. On va passer par un pic de chaleur mondiale importante, que le GIEC avait enjoint de ne pas dépasser (+1,5 °C, voire +2 °C) d'ici 2100 – en réalité, tout semble désormais montrer que nous serons plutôt autour des +3 °C, et +3,8 °C pour la France à cette échéance (les +1,5 °C étant atteints à l'horizon 2030...). Rien que ce chiffre peut nous donner des frissons... de fièvre. La Terre est en effet comme le corps humain. À 37 °C, nous allons bien. À 38 °C, nous avons des frissons. Et à 39 °C, soit +2 °C par rapport à la normale, nous gardons le lit, malades. Et que dire lorsque nous atteignons 40 °C ? Autant dire que nous n'allons pas en sortir complètement indemnes. Les températures pourront, dans certains endroits du globe, atteindre les 50 °C pendant plusieurs jours, voire plusieurs semaines. Et les régions équatoriales ou (sub) tropicales ne seront pas les seules concernées. Ces températures atteindront sans doute le pourtour méditerranéen pour ce qui concerne l'Europe. À 50 °C, on ne peut pas vivre longtemps dehors. Notre corps n'y est pas adapté. Et bon nombre d'espèces animales ou végétales non plus. Le dépérissement des forêts tempérées est une source d'inquiétude croissante sous nos latitudes. Notamment parce qu'elles sont des puits de carbone importants. Tout comme les prairies qui, elles non plus, ne supportent pas de telles températures et se transformeront vite en paillassons. L'agriculture sera rapidement confrontée à des problèmes de production, d'autant que l'eau va devenir un bien de plus en plus précieux.

Dans les régions tropicales, il n'y aura pas d'autre choix qu'une migration humaine. L'homme ne pouvant vivre sous de telles températures, il se produira des mouvements de masse vers le nord (ou parfois le sud), vers des régions plus « tempérées », seuls havres possibles pour éviter la mort. Comment les habitants de ces dernières régions accepteront-ils ces arrivées ? De même, assistera-t-on à des migrations des côtes vers l'intérieur sous l'effet de la montée des eaux marines ? Cela risque de se passer non seulement en Chine mais aussi chez nous, sur certaines parties du littoral méditerranéen (on pense à la Camargue, par exemple, et à ses environs).

Dire que le tableau est sombre est presque un euphémisme. Sans tomber dans le catastrophisme, il est à présent impossible de se voiler la face sur l'étendue des désastres présents et à venir. Pour autant, est-ce la fin sinon du vivant sur Terre, du moins de l'humanité, comme certains le prédisent ? N'étant ni prophète ni en possession d'une boule de cristal *ad hoc*, je serais bien en peine de me prononcer. Il reste que les scientifiques ne cessent de le clamer : si nous ne faisons rien, nous courrons à la catastrophe. Les effondristes et les collapsologues énoncent un peu la même chose. Avec une charge émotionnelle plus importante et une prédiction plus radicale.

En matière d'effondrement, il faut savoir aussi de quoi l'on parle. Qu'une sixième extinction arrive est tout à fait possible. Elle touchera probablement un grand nombre d'espèces, d'abord des vertébrés, mais il restera toujours des espèces capables de résister à des changements climatiques drastiques. Ce sera sans doute le cas de certains invertébrés, de végétaux dits « inférieurs », ou de bactéries et de virus. Les vertébrés supérieurs, en revanche – mammifères, oiseaux, reptiles, amphibiens, poissons – risquent d'être sévèrement touchés, comme une bonne partie des insectes. Les études prédictives, désormais nombreuses, plaident pour cette hypothèse d'une régression massive des effectifs, voire des espèces, dans les décennies à venir. L'homme est certes un mammifère très habile à l'adaptation, mais la vitesse du changement risque bien d'être plus grande que celle de ses propres innovations. Et à ce rythme, il sera difficile d'être au point pour aller sur Mars et fuir la Terre avant que celle-ci ne s'échauffe trop ! Mais il est vrai que l'homme, dont la capacité à se projeter dans le futur dépasse quand même rarement son espérance de vie, a cette capacité de s'inventer des mondes meilleurs quand celui dans lequel il vit montre des signes de faiblesse.

Pour l'heure, on pourrait faire un parallèle entre *Homo sapiens* et les lemmings, ces petits mammifères qui ressemblent à des hamsters et vivent dans l'Arctique : chez ces derniers, lorsqu'il y a surpopulation à la suite de périodes fastes, épidémies et manque de nourriture conduisent à une régulation des populations. Il est assez plausible que les humains s'exposent aujourd'hui à une régulation future qui entraînera une surmortalité importante, en particulier dans les pays en voie de développement. On ne voit guère comment il pourrait en être autrement si nous continuons à pratiquer une politique de petits pas (ou de pas de côté, voire de marche arrière) dans tous les domaines ayant un impact direct ou indirect sur l'environnement.

Lorsque j'expose cette vue de l'avenir de la Terre lors de conférences, je sens bien l'étonnement (pour ne pas dire le froid) qui s'abat sur l'auditoire. Au moment des questions, ceux qui demandent « Qu'est-ce que je pourrais faire pour changer les choses ? » n'ont en réalité pas envie que cela change. Nous sommes aujourd'hui parfaitement renseignés sur la situation actuelle, sur ce qui risque d'arriver demain et surtout sur ce qu'il est nécessaire de changer pour, sinon arrêter, du moins atténuer les conséquences et les impacts de ce changement global. D'autant qu'il faut reconnaître qu'un certain nombre de progrès ont été faits, notamment depuis une décennie, en matière énergétique, de recyclage ou de gestion des ressources naturelles. Mais on est loin du compte.

En France comme en Europe ou dans les pays dits « occidentaux », et sous l'effet dans bien des cas des lobbies industriels, les gouvernants choisissent d'avancer à (tout) petits pas en prenant des mesures homéopathiques. Un seul exemple : en octobre 2019, l'État (via le président Emmanuel Macron) a lancé à grand renfort médiatique la Convention citoyenne pour le climat. Au départ, cette convention devait proposer 150 mesures qui seraient reprises « sans filtre », selon les dires du président de la République. Ce dernier s'engageait à ce qu'elles soient présentées devant le Parlement ou soumises à référendum national, à l'exception de trois jokers. Finalement, 149 propositions ont vu le jour en juin 2020. À cette époque, un sondage auprès des Français montre que 73 % considèrent qu'Emmanuel Macron et le gouvernement ne mettront en place qu'une petite partie des mesures proposées par cette Convention sur le climat[1].

Quelques années plus tard (2024), on considère que la plupart des mesures ont été partiellement ou pas du tout reprises, seule une petite poignée (moins de cinq) l'ayant été totalement ou presque totalement... Cela en dit assez long sur la volonté des dirigeants de changer drastiquement la trajectoire... Dans le même

1. Sondage Odoxa-Dentsu Consulting du 25 juin 2020.

temps, certains ministres ont repris une formule présidentielle en disant que la transition écologique devait se faire « à petits pas », comme si l'on avait devant nous une éternité, que rien ne pressait. De même, un concept nouveau est apparu au printemps 2023, celui de « sobriété raisonnée ». Cela ressemble au moins à un pléonasme. Car par définition, la sobriété est tout de même issue d'un raisonnement qui conduit celui qui la pratique à agir selon des principes préalablement réfléchis. La sobriété c'est, dans le domaine environnemental au moins, et par essence, le fruit de la raison. Cela ressemble donc à du verbiage communicationnel pour enfumer le citoyen...

On l'aura vu au fil de ces lignes, nous ne sommes pas entrés dans l'ère des changements radicaux. Pourtant, il y a lieu de les envisager sérieusement. Et la crise du monde agricole nous donne (donnerait) une occasion de réfléchir à cet avenir. Elle est en réalité le reflet de la crise globale que nous connaissons en de multiples lieux de la planète. Elle est le miroir de notre propre inconséquence.

L'agriculture telle que nous la connaissons aujourd'hui est à bout de souffle, comme l'est la terre qui lui sert de support. On dirait deux boxeurs, battus par KO réciproques. Au moment où j'écris ces lignes, les agriculteurs français comme ceux d'une partie de l'Europe de l'Ouest ont crié leur ras-le-bol devant les soucis qui les assaillent : concurrence déloyale, emprunts, normes européennes, PAC, prix du lait et de la viande, salaires, produits phytosanitaires, etc. En général, les gouvernements ne résistent pas longtemps aux agriculteurs en colère. D'autant que dans leurs revendications se trouvent quelques vérités qui devraient être prises en compte. Mais un point mérite que l'on s'y attarde : il s'agit de la réaction d'une large partie du monde agricole (au premier rang duquel figure la FNSEA, majoritaire chez les agriculteurs) à l'égard de la politique phytosanitaire. Ces derniers sont parmi les premières victimes de ces polluants, dont l'impact sur le vivant est délétère (voir ci-dessous) – et par voie de conséquence sur ce que nous mangeons. Pourtant, on préfère mettre en pause le plan Écophyto II + de réduction de l'usage des pesticides. Ce plan avait notamment pour but la réduction de l'usage de produits phytopharmaceutiques de 50 % d'ici 2025 et, à plus court terme, la fin de celui du glyphosate d'ici fin 2020 pour les principaux usages en agriculture (et au plus tard d'ici 2022 pour l'ensemble des usages). Ce qui allait dans le bon sens jusqu'à ce que le gouvernement décide une « pause » : court-termisme politique inconséquent, ou plutôt à conséquences redoutables à plus long terme.

Sur le plan sanitaire, l'épandage de ces pesticides a un effet délétère sur les agriculteurs, qui représentent l'une des professions les plus touchées (entre +20 et +50 % par rapport à la population générale) par les maladies neurodégénératives et sanguines (et soit dit en passant, ce n'est pas non plus très bon pour les gens qui vivent à proximité des zones traitées...). Et nos assiettes s'en trouvent polluées, tout comme nos organismes d'ailleurs, notamment par le cadmium, dont nous avalons 1,4 fois la dose maximale recommandée par l'OMS[1]. De plus, ces biocides amoindrissent la biodiversité des terres agricoles. Or, sans faune et flore du sol saines et diversifiées, pas d'agriculture possible, même sous perfusion intense, comme cela risque de se produire prochainement. Nous n'avons pas encore trouvé de pollinisateurs autres que les insectes (en baisse de 80 % en Europe) et certains oiseaux (dont les effectifs ont fondu de 30 %) pour fertiliser les arbres fruitiers et d'autres cultures. Il nous faut des oiseaux pour contrôler les rongeurs et les insectes ravageurs. On sait depuis longtemps que des sols sains bien drainés ralentissent les inondations. *A contrario*, un sol trop labouré est synonyme d'érosion et de vie microbienne appauvrie, rendant la fertilisation impossible. Enfin, la présence de zones humides amoindrit les sécheresses et les incendies. Tout cela est connu du monde agricole.

La réalité est simple : en mettant sous le tapis, une fois encore, le débat de fond sur la refonte en profondeur de notre agriculture, au profit des aspects économiques court-termistes, on dissimule une bombe à retardement dont tous les scientifiques disent aujourd'hui qu'elle

1. Voir Selosse M. A., « On ne pourra sauver l'environnement sans les agriculteurs, et réciproquement », *Le Monde*, 1er février 2024.

aura des conséquences dramatiques pour notre environnement, notre agriculture et nos vies mêmes.

Et pour conclure ce point, rappelons que l'argent est le problème. Un tiers du budget de l'Union européenne, 386,7 milliards d'euros pour la période de 2021 à 2027 (versés par nous, contribuables), va et ira à l'agriculture. Le problème est que le versement de cet argent se fait en fonction du nombre d'hectares cultivés. Le résultat est qu'environ 80 % de ce budget vont à 20 % des agriculteurs – les plus grands et les plus riches. On comprend mieux que l'actuel président de la FNSEA, qui est un parfait représentant de ces « gros » agriculteurs (et des coopératives qui vont avec), souhaite que rien ne bouge ! Avec ses puissants lobbies, cette caste de super-agriculteurs peut ainsi convaincre la Commission européenne de faire marche arrière sur les obligations des agriculteurs de consacrer 4 % de l'espace à la nature sur leurs exploitations (en échange de leurs subventions, basées sur la surface), espace qui sert de refuge à la faune et à la flore, et notamment aux insectes pollinisateurs. La solution est celle-ci : il faut repenser la répartition de l'argent de la PAC afin que chaque agriculteur et agricultrice puisse vivre décemment de son métier. Les exploitants agricoles lésés par cette répartition inéquitable des subventions de la PAC – c'est-à-dire 80 % des exploitants agricoles donc – pourraient se mobiliser.

Il serait temps d'entrer dans une ère où l'agriculture, tout en étant productive (capable à la fois d'assurer notre autonomie alimentaire et de pérenniser des exportations), serait également soucieuse de l'environnement (capable de réduire les intrants et les produits phytosanitaires, de diminuer l'élevage industriel, et de respecter (surtout) la biodiversité par des pratiques agroécologiques et biologiques). Pour ce faire, il serait nécessaire de revoir à la hausse le nombre d'agriculteurs. Et de cesser la course au gigantisme agricole, qui voit de moins en moins de monde travailler sur des espaces de plus en plus grands[1].

L'agriculture industrielle est mortifère pour la planète. Les milliers d'études scientifiques sur le sujet l'ont bien établi. Lier l'agriculture et la biodiversité n'est pas incohérent, bien au contraire. Il fut un temps (récent) où certains agriculteurs réfutaient l'idée de devenir des « jardiniers de la nature ». Ce n'est en réalité pas ce qu'on leur demande. En revanche, cultiver la terre dans le respect de la biodiversité n'est pas une lubie d'écologistes. C'est ce qu'ont fait les paysans pendant des millénaires. Ce n'est que très récemment (à partir de l'après-guerre, dans les années 1950) que la terre a commencé à être vue comme un simple support : on a pensé (et l'on pense encore dans certains milieux agricoles,

1. Entre 2005 et 2020, le nombre d'exploitations agricoles dans l'UE a diminué de près de 40 %, contraignant environ 5,3 millions d'agriculteurs à fermer boutique. La grande majorité d'entre elles étaient de petites exploitations, couvrant moins de cinq hectares de terrain.

majoritaires) qu'il suffisait d'alimenter artificiellement les terres en intrants chimiques d'un côté, et d'utiliser les produits phytosanitaires à outrance de l'autre, pour avoir des cultures intensives et très productives. C'était oublier que la terre ne peut régénérer le vivant qu'elle héberge si on l'anéantit. En épuisant la terre, viendra un temps où, malgré l'augmentation de l'artificiel pour produire, la terre abîmée ne donnera plus rien du tout. Alors il faudra envisager la culture hors-sol à grande échelle. Vaste programme...

Bien qu'encore marginal, un mouvement est né, notamment chez de jeunes agriculteurs, associant exploitation agricole et protection de la biodiversité[1]. Avec des résultats non seulement prometteurs mais efficaces. Mais il faudra envisager une telle démarche à grande échelle, et convaincre les agriculteurs liés à l'agriculture intensive, ce qui ne sera pas simple. Il serait pour cela nécessaire d'inciter les jeunes actifs à s'engager dans une carrière agro-environnementale. À la lumière des chiffres dont nous disposons, on peut projeter ce qu'il serait nécessaire de créer en matière d'emplois : dans une vision optimiste, imaginer que 10 % des actifs embrassent des professions agro-environnementales impliquerait de disposer de plus de 3 millions d'emplois (contre, rappelons-le, les 650 000

1. On pense à des associations ou à des collectifs tels que Paysans de Nature, Des terres et des ailes, Terres de lien, Naturalistes des terres, Fermes d'Avenir, etc.

actuels) dans ce domaine. Nous en sommes loin... Si, en revanche, l'on souhaitait simplement revenir aux 4,8 % (disons 5 %) d'emplois dans le domaine agro-environnemental, taux qui était celui de l'an 2000, soit un total de 1,63 million d'emplois, cela signifierait un million d'emplois de plus qu'actuellement. Est-ce utopique ? Je ne crois pas. Il y a maintenant quelques années, deux ministres (femmes) de l'Environnement – Dominique Voynet puis Ségolène Royal –, mais aussi des mouvements associatifs liés à l'environnement, parlaient déjà de la nécessité de créer 500 000 emplois directement liés à la protection de la nature et à l'environnement. Doubler cet effectif en y incluant l'agriculture ne semble pas irréaliste. Ce qu'il manque, c'est la volonté à tous les échelons des décideurs, mais aussi des citoyens. Il est nécessaire en outre de revaloriser cette profession, politiquement, sociologiquement et, surtout, financièrement. Car être agriculteur ou agricultrice aujourd'hui ne devrait plus signifier vivre dans une quasi-misère. On devrait pouvoir produire aujourd'hui une alimentation saine, gagner sa vie et préserver la nature et les paysages. Je ne vois pas d'incompatibilité entre les trois. D'ailleurs, pourquoi un paysan gagnerait-il moins qu'un agent administratif ou un commerçant ? En France, comme ailleurs en Europe, les mentalités ne sont pas encore préparées à cette mutation, qui semble incroyablement importante et qui est absolument nécessaire.

Pour cela, il faut ancrer dans les cerveaux de tous ceux qui sont en lien avec le monde agricole l'élément fondamental qui est celui du rapport à l'environnement. On a, au contraire, l'impression qu'il est totalement oublié, discrédité, invisible, dans la crise profonde que connaît l'agriculture. Tant que l'on découplera agriculture et environnement, on ne progressera pas dans les solutions nécessaires pour enrayer l'appauvrissement durable et irréversible de la Terre.

Lorsque j'en discute avec Denise, elle le comprend parfaitement, tandis que nos dirigeants, politiques comme agricoles, ne l'entendent pas. Pendant que je l'observe devant son fourneau, préparant une potée qui mijote longuement à feu doux, dans sa maison simple mais accueillante par cette froide journée d'hiver, qu'elle me raconte ce que fut sa vie pendant neuf décennies, il m'apparaît qu'une autre existence est possible, sans pour autant qu'elle soit synonyme d'un retour à la caverne, à la lampe à huile et aux peaux de bête. Et sans non plus qu'elle soit aussi sobre que celle de Denise, sans doute. En ce début des années 2020, elle vit comme elle vivait déjà il y a un demi-siècle. Peu de choses ont changé chez elle ou dans ses habitudes. Denise n'a pas de *smartphone* mais est-elle pour autant moins libre que moi ? Elle pourrait être regardée en quelque sorte comme un « dinosaure ». Vivant loin du bruit et des grandes villes trépidantes, dans une région longtemps enclavée, elle n'a pas été touchée comme la plupart d'entre nous par le « progrès » technologique du quotidien. En cela, on peut la voir comme le témoin d'une paysannerie aujourd'hui disparue[1].

Quel rapport avec la situation agro-environnementale actuelle ? Pour moi, ce que représente Denise tient davantage du symbolique que du pratique. C'est-à-dire le maintien de ce lien qui nous attache à la terre, aux pratiques agricoles dans une bienveillance réciproque. Plutôt que d'une pratique désincarnée, industrialisée à outrance qui ne tient plus compte des nécessités environnementales indispensables à la pérennité de l'agriculture. Il est quand même incroyable d'imaginer que l'on puisse faire l'impasse sur la santé des milieux naturels dans lesquels on vit et où l'on pratique l'activité la plus importante pour notre existence (agriculture = alimentation), en la considérant comme accessoire et susceptible d'encaisser toutes les agressions qu'on lui fait subir. Denise, elle, représente à mes yeux tout le contraire. Un lien étroit avec la terre qui l'a vue naître, qui l'a longtemps nourrie et qu'elle respecte. Tout ce qu'elle a accompli dans son existence était de l'ordre du naturel, qui n'avait d'autres explications que la tradition séculaire d'un respect de la terre qui donnait tout ce dont on pouvait avoir besoin. Cet axiome devrait être aujourd'hui notre chemin, pour que nous en finissions

---

1. À ce propos, je ne peux m'empêcher de faire le parallèle entre Denise et les paysans filmés par Raymond Depardon quelque part en Lozère au tournant du XXIe siècle que l'on voit dans la série de documentaires intitulée *Profils paysans*.

une bonne fois pour toutes avec ce comportement destructeur.

Au cours de sa vie, qui a toujours été modeste, et sans le savoir, Denise a appliqué à la lettre les préceptes des penseurs environnementaux qui ont jalonné l'histoire, de la fin du XIXe siècle jusqu'au début du XXIe siècle. Comme Henry D. Thoreau, elle a su trouver dans son environnement proche les sources mêmes de son existence et de sa manière de vivre. Voyageuse immobile, elle n'a pas eu besoin de parcourir le monde pour le comprendre et prendre la mesure des problèmes. Elle me dit parfois : « Il suffit d'ouvrir *La Montagne* et de le lire, pour savoir à quel point ça va mal dans le monde. » Comme Rachel Carson, elle se lamente de ce que l'on déverse sur les terres pour faire pousser céréales et herbe grasse, fauchée de plus en plus tôt dans la saison, entraînant la perte des nichées, des insectes et des fleurs. Elle ne connaît pourtant rien aux produits phytosanitaires. Et comme Pierre Rabhi, elle est une grande prêtresse de la sobriété. Tout dans sa vie l'a montré et le montre encore. Sobriété, c'est bien le mot, et le plus important, pour résumer plus de quatre-vingt-seize années d'existence. Dans ce domaine, elle n'a aucune leçon à recevoir de quiconque, mais plutôt doit-elle nous servir d'exemple. Quand je la vois, dans cette simplicité que certains nantis verraient comme un dénuement, je ne peux m'empêcher, une fois encore, de me dire que si chacun et chacune d'entre nous vivait ne serait-ce que le tiers ou le quart de sa sobriété, nous serions sur la voie de la rédemption écologique. Car oui, nous avons à nous racheter (et beaucoup) de tout ce que nous avons pu faire à la nature. Et celle-ci est sacrément résiliente, pour ne pas nous avoir encore abandonnés. Mais les sombres prédictions de Denise ne sauraient à présent tarder, tant nous sommes désormais sur un point de bascule, fragile, après tant et tant d'années de résilience. Quand je lui dis qu'environ 20 millions d'oiseaux disparaissent chaque année en Europe, elle lève les yeux au ciel. Et, lorsque je lui raconte que le ministre de l'Agriculture, à qui l'on rappelle que la cause principale de ces disparitions, c'est l'agriculture intensive, a pour toute réponse « C'est quoi, l'agriculture intensive ? », Denise lève de nouveau les yeux au ciel. Certes Emmanuel Macron lui-même, le président de la République ayant nommé ce fier ministre, ne nous avait-il pas dit, quelques mois auparavant, lors de la cérémonie des vœux du 31 décembre 2022 : « Qui aurait pu prédire la crise climatique ? » C'est vrai, ça : qui aurait pu la prédire ? Sinon les experts du climat et les scientifiques qui travaillent sur la biodiversité et l'environnement, qui nous le rappellent sans discontinuer depuis bientôt... cinquante ans. Le même qui nous parle de sobriété raisonnée (qu'est-ce que cela veut dire ?) dont nous venons de parler ou encore qu'il faille aller vers une transformation écologique de notre société incitative et non coercitive.

Et si on avait dit aux voyageurs qui prennent l'avion « on vous invite, s'il vous plaît, à ne plus fumer dans un avion », pense-t-on sérieusement que les gens auraient spontanément arrêté de le faire ?

VIII

Après Denise...

Quand Denise disparaîtra, ce sera une partie de moi-même qui disparaîtra aussi. J'ai connu en effet, même si je n'y fus jamais totalement immergé, ce monde dont elle est issue et qui n'avait guère bougé pendant des décennies, voire des siècles. Ce monde paysan qui était écologiste avant l'heure, sobre sans le savoir, qui mangeait bio sans s'en douter, qui protégeait la nature sans s'en rendre réellement compte puisque celle-ci était sa source de subsistance et qu'on ne pollue pas l'eau que l'on boit. Denise, c'est tout cela à la fois. Elle est issue de ce monde qui savait sur quelle branche il était assis et qui n'aurait jamais été chercher une scie pour la couper. C'est aujourd'hui ce que nous faisons, quotidiennement et allègrement.

Denise est une vieille femme à présent. Mais une femme libre, même si elle éclate de rire lorsque je le lui dis. Sans doute parce que le mot liberté n'a pas le même sens dans ma bouche que dans la sienne. Sans doute car elle ne conçoit rien d'autre que la vie qu'elle a connue, sans enfants, avec un mari souvent parti sur des chantiers, une vie que l'on pourrait voir contrainte par la force des choses, mais qui était au fond empreinte d'une bien plus grande liberté qu'il n'y paraît. D'abord parce que, sauf pour l'essentiel, Denise n'a pas eu à dépendre des autres, d'une hiérarchie ou d'une autorité quelconque, elle n'a jamais croulé sous les gadgets que nous propose le monde d'aujourd'hui (elle n'a pas de smartphone, pas de carte de crédit, ni aucun de ces liens qui vous enchaînent à mille sortes de [sur]consommation).

N'ayant par ailleurs jamais abîmé la nature, ayant au contraire vécu avec elle, la côtoyant avec respect et plutôt bienveillance, on pourrait dire que Denise, tout en étant de son temps a été – et est toujours –, sans le savoir, une écoféministe. Pourtant, elle ne laissera nulle trace de son passage sur Terre. Elle n'aura pas écrit de livres définitifs sur les sujets précédemment abordés, ni entraîné les foules à la suivre. Elle n'aura même pas été un exemple particulier pour son entourage. Mais, avec sa façon de vivre, elle aura, bien avant l'heure, appliqué les règles que nous devrions nous imposer pour ne pas nous effondrer. Et moi, elle m'aura influencé. Notamment en modifiant mon regard porté sur la nature. Elle m'aura donné à voir une nature simple, *déconstruite* du schéma scientifique que m'avaient inculqué mes professeurs, une nature qui parle d'elle-même, sans modèles mathématiques prédictifs pour savoir quand la biodiversité va ou non totalement disparaître. Une nature simple, comme me l'a apprise ma grand-tante (qui était proche de Denise) quand j'étais gamin. Une nature qu'il suffit de contempler, d'observer pour la comprendre.

Mais entre la vie qu'a vécue Denise et celle qui s'annonce pour les générations futures, il y a désormais un gouffre. Entre réchauffement climatique, perte de la biodiversité, accroissement de la pollution atmosphérique, risque accru de crise sanitaire et alimentaire et embrasement guerrier se profilent, dans une sorte de synergie macabre, tous les ingrédients pour un feu d'artifice final que certains appelleraient « apocalypse » (souvenons-nous des mots de Denise – « C'était écrit dans la Bible, que ce serait la fin du monde par l'eau et le feu ! ») et d'autres « effondrement ». C'est désormais assez probable que l'on soit confrontés, à une échéance qui se fait de plus en plus proche au fil des rapports du GIEC et des études scientifiques, à une crise globale qui va profondément rebattre les cartes, y compris pour ce qui est de la démographie humaine. La logique de l'histoire de l'évolution voudrait que, comme toutes les autres espèces, *Homo sapiens* finisse par disparaître. Les « progrès » sur le transhumanisme et l'immortalité risquent de ne pas être assez rapides au regard de la dégradation de l'état de santé de la Terre, si tant est qu'ils soient réalistes ! Car enfin, des grands fonds marins aux montagnes, en passant par l'ensemble des milieux naturels de la planète, l'homme, avec une constance remarquable, s'acharne à détruire ce dont il a besoin pour vivre. Il est d'ailleurs bien navrant de constater qu'aucune autre espèce qu'*Homo sapiens* n'emploie une telle énergie à anéantir le milieu naturel dans lequel elle vit. Aucune ! *Sapiens* : intelligent, prudent, sage, raisonnable, dit le latin...

Pour autant, ce cataclysme que l'homme se prépare pour lui-même ne signera pas nécessairement la fin du monde. Car si l'humanité disparaît – tout ou partie –, il est sûr que d'autres espèces survivront. Côté végétal, on peut penser que les fougères, les prêles, certains champignons et lichens comme les mousses, présents sur Terre depuis bien plus longtemps que nous, vont résister. Tout comme des invertébrés tels les arthropodes – scorpions, araignées –, mieux bâtis que nous pour affronter les tourments créés par l'homme. Et comme la Terre ne disparaîtra pas dans le sillage du Soleil avant quelques milliards d'années, cela laisse un peu de temps à la biodiversité de se reconstruire. Avec ou sans l'homme. Ce sera, en tout cas, la fin *d'un* monde.

L'autre fait qui me laisse pantois, c'est que nous sommes parfaitement conscients de ce scénario et que nous ne réagissons pas. Non, nous continuons, assis sur notre branche, à la scier consciencieusement. Au mépris de ce que la science ne cesse de nous dire depuis des années et par des dizaines de milliers d'études, de rapports et de colloques. Si nous ne choisissons pas le changement de nos modes de vie, nous subirons alors les conséquences de ce que nous avons créé. La transformation profonde de notre système alimentaire et agricole, de notre rapport à l'environnement, de la gestion de notre eau, de notre air, bref, de notre vie est complexe et difficile. Mais continuer comme nous le faisons aujourd'hui, à vivre comme si rien ne pouvait nous arriver, conduira à une situation bien plus dramatique et difficile encore. Cela passe sans doute par le fait d'arrêter de privilégier le profit de quelques-uns au détriment du bien-être de tous.

En cette fin d'après-midi d'octobre, je laisse Denise chez elle vaquer à ses sempiternelles occupations, et notamment préparer son sobre dîner. Dehors, l'air est pur, vivifiant, et le ciel bleu. C'est une belle journée d'automne, insouciante des froidures à venir. Au-dessus du village tournent deux milans royaux, traçant des orbes énigmatiques dans le ciel. Comme chaque fois que je quitte Denise, j'ai un pincement au cœur, me demandant si je la reverrai. Un jour, Denise ne sera plus là. Vu son âge, ce temps viendra forcément. Le jour où elle partira, je serai profondément triste. Denise n'est pas de ma famille, ni proche ni lointaine. Denise est une personne qui a travaillé chez nous, qui a aidé ma grand-mère et ma grand-tante, puis mes parents, sans jamais être pour autant ma « nounou ». J'aurais pu, comme d'autres dans ma famille, perdre tout contact avec elle. Mais j'ai tissé des liens forts et durables, assimilables à une sorte de filiation. Denise, c'est comme une tante, une grande cousine, une aînée de *ma* famille.

Je descends au cimetière du village, niché entre deux lacets de cette petite route qui file vers une vallée encaissée, parsemée de moulins restaurés par les estivants. Ce cimetière, je le connais depuis toujours ; mes ancêtres y sont enterrés comme le sont mes deux parents. Il est doux, silencieux, surveillé par quelques oiseaux comme l'alouette lulu, le bruant zizi et la mésange noire. Leur tintinnabulement a quelque chose de mélancolique, petits anges gardiens des âmes défuntes. J'ai souvent dit à Denise que, malgré mon athéisme, je croyais que lorsque nos corps se délitent, ils libèrent des atomes (de carbone, d'oxygène, d'hydrogène et d'azote) qui s'agrègent pour former des molécules et repartent dans la circulation du vivant. Nous ne mourrons jamais.

Mais pour l'heure, je circule entre les tombes, m'arrête devant celle de mes arrière-arrière-grands-parents et de ma grand-tante, puis devant celle de mes parents ; enfin, je passe devant celle d'Henri, le mari de Denise. C'est là qu'elle sera un jour. Ce jour, il n'y aura sans doute que peu de monde pour l'accompagner. Du fait de son grand âge, et parce qu'elle n'a pas d'enfants. Denise ne figurera jamais dans les moteurs de recherche d'Internet, jamais elle ne sera présente en photo sur ces sites. C'est une parfaite anonyme. Et pourtant, elle restera à jamais pour moi indissociable de ce que chacun de nous devrait accomplir pour éviter un sort funeste à notre planète.

Car elle aura passé sa longue vie sur Terre sur la pointe des pieds, se gardant bien de la marquer d'une empreinte carbone trop lourde. Denise petite ballerine discrète, modèle pour l'humanité.

Table des matières

ISBN : 978-2-603-03064-6

Couverture : Léa Larrieu
Direction éditoriale : Michel Larrieu
Édition : Bleuenn Becaert
Préparation : Sabine Kuentz
Correction : Bruno Vandenbroucque
Fabrication : Bénédicte Gerber

Réalisation : Nord Compo à Villeneuve-d'Ascq
Achevé d'imprimer en août 2024
sur les presses de Normandie Roto Impression S.A.S. à Lonrai
Dépôt légal : septembre 2024. N° 2403231
Imprimé en France